104

臺北市復興北路三八六號

三民書局股份有限公司收

姓名：　　　　性別：□男　□女

出生年月日：西元　　年　　月　　日

地址：

電話：（宅）　　　（公）

E-mail：

三民叢刊 236

文學的現代記憶

張新穎 著

三民書局印行

自序

張新穎

《文學的現代記憶》收長、短文十一篇。〈讀夏濟安私記〉寫於二〇〇三年，談張愛玲的〈日常生活的「不對」和「亂世」文明的毀壞〉寫於一九九九年，關於西西的〈反蘋果牌即沖小說〉寫於一九九七年。其餘的八篇，都是一九九〇至一九九二年間寫的，構成了這本書的主體。

回頭看這兩三年的文字，喚起了我青春時代愉快的讀書生活的記憶，那個時候我在讀比較文學專業的研究生，嘗試在二十世紀中外文學關係的框架下探討臺灣文學的現代意識。本書輯一的幾篇文章就由此而來。現在，我自己想起來都有些恍惚：當年，一個二十幾歲的年輕人，在上海一個叫南區的學生宿舍裡，讀臺灣文學。時間平靜無憂地流逝著——可是，突然，要畢業了。本來準備要做的很多事，就此別過。

感謝三民書局印行這冊《文學的現代記憶》，它牽繫著我個人的青春記憶。

二〇〇三年五月八日

上海復旦大學

文學的現代記憶　目次

輯二 談張愛玲，談西西

輯一　臺灣文學的現代意識

論臺灣《文學雜誌》對西方現代主義的介紹

引言：研究背景與基本立場的簡單交待

二十世紀中國文學區別於傳統文學的開放性，使中外文學關係的研究成為一個必然的課題。通常，我們會不自覺地把這種「關係研究」視為在文學的「外部」進行的學術探討。其實，需要對這種不自覺的意識提問：什麼是與此相區別的「內部」研究呢？於是，一個虛假的基礎就顯露出來：即先驗地把二十世紀中國文學當成一個獨立、封閉、自律的系統，有這樣一個假設的系統，才有系統的「內」／「外」之別。無需論證的是，不存在這樣一個封閉的系統。如果要把二十世紀中國文學看成一個整體，看成一個文學史的發展過程，那麼中外文學關係就包含在這個整體之內，參與到這個發展過程之中，不存在「內部」/「外部」的二元對立。相應的，也就不存在由「內」/「外」之別而隱含的不同研究活動的意義大/小、價值高/下、方向主/次等等的區分。

這樣一來，「中外文學關係」的提法本身就只能是權宜性的、策略性的。因為外國文學參與了二十世紀中國文學的發生和發展，滲透其中，交融匯合，如果取「二十世紀中國文學」的視點，就不可能清楚地分辨（也即強行地割裂）它自身的哪一部分為「中」、哪一部分為「外」。但是在達到融合之前的階段，即傳播、介紹與接受的過程中，傳播主體與接受主體的區分自然是非常明顯的。然而這個過程本身不可能是文化交流和文學交流的目的，這一階段注定要被超越。強調這一點看來似乎是重複廢話，其實我想由此引發出以下的想法：傳播與接受的階段是比較文學研究關注的重要環節，但我們在做此種研究時的觀念與意識不能停留在這一階段提供的兩種文化或文學的二元狀態，而應該擁有超越了這一階段的融合狀態所提供的觀念和意識，並以此來返觀這一階段。一般說來，可能有三種狀態或層次的觀念與意識：第一，只認識到中國文學的存在；第二，認識到中國文學之外還有外國文學；第三，中外文學融匯造成二元對立的瓦解，有可能由此接近一種「世界文學」的理想，中國文學和其他各種文學都分別是「世界文學」的一部分，而且是各具特色的部分。二十世紀，人類日益發現自身的處境、面臨的問題是共同的，世界一體的觀念在越來越多的事實上被發現、證明，也贏得越來越多的精神認同。各國別與民族文學勢必不能維持雖然有所「交往」但依然「各自為政」的「對立」狀態。

本文論述臺灣《文學雜誌》對西方現代主義的介紹，兼及雜誌時期的現代小說創作，就是放在上述的研究空間（二十世紀中外文學關係）與基本立場之下進行的。雖然這只是「史」的進程中的一「點」，落實於文字的闡說仍然直接牽連著「無文」的研究背景。

《文學雜誌》誕生前後的臺灣文壇簡述

五十、六十年代西方現代主義在臺灣的傳播及影響，放在二十世紀中國文學與外國文學的關係的大過程中來看，是對自世紀之初、特別是「五四」以降介紹與接受西方現代主義文學的開放傳統與精神的接續，這種接續的意義在同時代大陸背對世界現代文化的情形參照下尤顯重要。

事實上，國民黨政府遷臺後，臺灣的社會現實有利於現代主義的引進並產生影響。當時「收復大陸」的口號和政策，一方面加強了大陸遷臺人士過渡時期的感覺，另一方面造成了與土生土長的當地民眾的疏遠，「臺灣的『多數人』都需求逃避現實的活動；他們無意面對前途不明的政治現實。他們與外界隔絕，政治上遭遇種種挫折，又找不到適當的解決之道，於是在臺灣的中國作家——大陸人和臺灣省人都一樣——漸漸轉向內在，『生活在感官、潛意識和夢幻經驗的個人世界中。』」❶

從文學自身的狀況看，當時的文壇充斥的是官方極力推行的「反共八股」，再就是坊間氾濫的胡編亂造的男女私情，文學不是墮落為政治的附庸，就是降格成庸俗的消遣品乃至低級下流之物，鮮有真正的文學。有識有志之士自然不甘心文壇荒蕪，他們尋求力量，需要借助它來改造文壇。其時，中國新文學作品被全面封禁；而日據時代的臺灣作家正面臨從日文換到中文寫作的轉折，不僅語言障礙使他們難有較大的貢獻，而且殖民文化和文學本身需要改造，其影響需要消除。情勢逼迫，幾乎只有「別求新聲於異邦」一途，再加上當時的社會心態，現代主義自然而然應運而來。

《文學雜誌》就是在這樣的背景和條件下誕生的。其時，臺灣文壇已經開始營造現

❶ 李歐梵，《中國現代文學中的現代主義》，收入《中西文學的徊想》，三聯書店香港分店，一九八六年版。

代主義的氛圍，主要是一些詩人的借鑑與實驗。早在《文學雜誌》之前，即一九五三年二月，紀弦創辦《現代詩》雜誌，一九五六年成立「現代派」，紀弦擬定「現代詩社」六大信條，除第六條為反共的政治訓誡以外，其他五條為：

第一條：現代詩詩社要「揚棄並發揚光大地包容了自波特萊爾以降一切新興詩之精神與要素」。

第二條：他們認為新詩「乃是橫的移植，而非縱的繼承」。

第三條：他們強調「日新又新」——「詩的新大陸之探險，詩的處女地之開拓，新的內容之表現，新的形式之創造，新的工具之發現，新的手法之發明」。

第四條：他們同樣強調「知性」：他們認為現代主義的特色之一是「反浪漫主義的。重知性，而排斥情緒之告白」。

第五條：他們也追求「詩的純粹性」，「排斥一切『非詩的』雜質，使之淨化，醇化，提煉復提煉」。

六十年代之前，在《文學雜誌》誕生前前後後一段時間內，創刊的提倡現代主義或帶有明顯現代主義傾向的文化、文學雜誌還有：《創世紀》詩刊（一九五四）、《藍星週刊》（一九五四）、《藍星月刊》（一九五七）、《文星》雜誌（一九五七）、《筆匯》綜合文化月刊（一九五八）等。

但《文學雜誌》的出現，不只是在已有的倡導現代主義的聲音中再加進一種聲音而已。說輕一點，這樣一種學院派雜誌有自己特殊的介紹現代主義的方法與策略，有特殊的意義和影響，甚至，它並不是以現代主義的激進面貌出現的；說重一點，引用李歐梵的話，也是一般公認的看法，即：「《文學雜誌》的發行，在臺灣的中國文學史上，是個重要的里程碑。」❷

夏濟安與《文學雜誌》的現代主義取向

《文學雜誌》四卷六期發表了夏濟安的一首詩〈香港——一九五〇〉，這首詩有個引人注目的副標題，叫「仿 T. S. Eliot 的 Waste Land」。詩的前面，陳世驤著文〈關於傳統・

---

❷ 李歐梵，〈中國現代文學中的現代主義〉。

創作・模仿〉，評價此詩；詩的後面，作者附文詳細說明了這首詩的創作情況和詩的具體涵義。重提此事，用意並不針對〈香港——一九五〇〉本身，而是想借機探討夏濟安對西方現代主義文學的基本認知與心態，進而展開論述《文學雜誌》對現代主義的介紹。作為《文學雜誌》的主編和六十年代盡領文壇風騷的「大學才子」(College Wits) 們心目中的導師，夏濟安的認知與心態超出了單純個人的意義，影響已及一個時代的文學風尚。

陳世驤「說〈香港——一九五〇〉不稱為是『奇文』，也不泛說是『好詩』，而是一首相當重要的詩。其重要性在於其為一位研究文藝批評的人有特別意識的一首創作」。「明顯的方法意識，在我們的這一切價值標準都浮游不定的時代，總是需要的。『它』即使本身不被用作一首詩的榜樣，可以至少是現在作詩態度的一種榜樣。」陳世驤強調出來的「特別意識」、「明顯的方法意識」、「作詩態度」就是指對艾略特〈荒原〉的模仿，但模仿的對象卻不是〈荒原〉本身，「而是〈荒原〉背後的詩的傳統意識之應用與活用。」這種「傳統意識」，「反對無紀律的浪漫，反對浮淺稚氣的唯新」，「在形式上，成就一種新的語言；在內容上，表現出唯有現代所有的情感與眼界。」這樣一種老成的、表面上甚至帶有保守色彩的現代主義文學觀，基本上認同於 T. S. 艾略特在經典論文〈傳統和個人的天賦〉中論述的思想。恰巧《文學雜誌》也刊載了這篇論文的譯文❸。

這樣看來，《文學雜誌》創刊號上的〈致讀者〉（署名編者，實際是夏濟安寫的）並不能被簡單理解成為僅僅體現了現實主義的文學觀念，而毋寧看成具有更大的彈性和包容性，而且偏向、靠近現代主義核心的一種穩重的表述：

我們不想在文壇上標新立異，我們只想腳踏實地，用心寫幾篇好文章。……我們能有多大貢獻，現在還不敢說。我們的希望是要繼承數千年來中國文學偉大的傳統，從而發揚光大之。我們雖然身處動亂時代，我們希望我們的文章並不「動亂」。我們所提倡的是樸實、理智、冷靜的作風。

我們不想逃避現實。我們的信念是：一個認真的作者，一定是反映他的時代表達他的時代精神的人。

我們不相信單憑天才，就可以寫作，我們認為：作家的學養與認真的態度，比靈感更為重要。

❸《文學雜誌》第八卷第三期，朱南度譯。

把這樣一個樸素、老實的辦刊方針和陳世驤指出的〈香港——一九五〇〉作者的「特別意識」對照審思，便不難察覺出雜誌編者對現代主義的偏向與靠近。夏志清就曾說，夏濟安對於「詹姆斯、喬哀思、福克納那種艱澀甚至怪拗的文體極為欣賞」❹。證諸事實，即是《文學雜誌》自始至終一直未放鬆對現代主義文學創作和理論的翻譯與評價。創刊兩年半時，在六卷一期的〈致讀者〉（署名編者，也是夏濟安寫的）中，編者表述的意思更清楚了一些：

> 《文學雜誌》不標榜主義，但綜觀三十九期雜誌，無形中似乎在提倡一種風格。我們很少登載辭藻華麗熱情奔放的文章，《文學雜誌》多數的文章是樸素的，清醒的，理智的。這種風格當然和編者個人的好尚有關，但是這種風格可能暗合世界的潮流，也未可知。別人也許喜歡夢想，「憧憬」和陶醉；《文學雜誌》的文章寧可失之瘦冷乾燥，不願犯浮豔溫情的病。

---

❹ 夏志清，《愛情 社會 小說》，第二二〇頁，純文學出版社，一九七〇年版。

有兩點值得注意：關於雜誌的風格，一、「當然和編者個人的好尚有關」。屬於「當然」的事情本不必說，偏又說出來那就成為一種提示和強調；二、「可能暗合世界的潮流」。二十世紀以降到五十年代末世界文學的潮流自不待言，「暗合」的努力和自信表明了高度自覺的宏觀文學意識，無形中樹立起臺灣現代文學的一個參照座標。

對於「編者個人的好尚」，還可以做進一步的探討。

（一）境遇與心態

境遇是指個人置身於世界中的基本歷史情景，對於知識階層的精英分子和領先人物來說，尤能特別敏感與領悟其精神實質，從而自覺地將自身與歷史的關聯從隱匿的狀態上升到意識狀態。在〈香港——一九五〇〉的後記裡，夏濟安直言他所寫的香港是「荒島」，而對〈荒原〉的模仿，只是因為找到了把意識到的個人與歷史的境遇表達出來的形式：「我有時也有詩的靈感，但是這種靈感不知如何表現；所謂靈感也者，只好讓它胎死腹中。好容易找到艾略特〈荒原〉這麼一首詩，可以模仿它來表現一般上海人在香港的苦悶心理，這已經是巧遇。」擴而大之，「荒島」與「苦悶」其實未嘗就不可以說成是臺灣人特別是由大陸遷臺的那一群五十年代的境遇與心態。

處在這樣的境遇與心態中，「巧遇」西方現代主義，恰如積水找到了泄口，乃至六十年代現代主義在臺灣文壇上盛極一時。

以普遍的境遇與心態為大背景，夏濟安從對個人的省思中發展出一種過渡者的自覺意識，如夏志清所說，「濟安對那些現代作家特別寄予同情，因為他自己也是過渡時期的人物，對新舊社會交替下的生活現象特別注意，對這種社會所長大的青年所面臨的問題特別敏感。」❺這段話可供闡發與延展的方面不止一端，這裡取如下的意思：夏濟安清醒地認識到了時代的文化轉型和文學觀念變革的性質，他在西方文化的過渡時期的作家作品中尋找對自己當下狀況的印證，產生共鳴；而西方文化自十九世紀末開始的轉折一路發展下來，這樣一個參照系似乎加強了夏濟安通過引進和介紹西方現代主義推動過渡進程、建設臺灣現代文學的歷史責任感與使命感。

(二) 引介過程中表現出的特徵

❺ 夏志清，《愛情　社會　小說》，第二一九頁。

一般地說，西方現代主義是以一種激烈的反傳統的形式擠進文學舞臺的中心，文學的現代意識與傳統意識之間的對立被誇張到雙方互相認定對方就是自己勢不兩立的敵人的程度。介紹現代主義文學往往就意味著引進一種對立意識，並幾乎不可避免地激起新的論爭，其內容常常充斥了大量的雙方都有的情緒化的東西。夏濟安的情況有些特別，他沒有通常的現代派文學的擁護和倡導者身上非常強烈的激進色彩，相反卻是超常的冷靜和理智。這當然跟他內傾、篤實、甚至有點保守的性格有關，但更重要的一面，卻是基於他深厚的中西文學學養。中西文學的偉大傳統並不是即將被替代而從此就會喪失機能的廢物，更不是殺伐誅滅的敵人。既然並不存在這樣一個假想的敵人，而當時氾濫文壇的煽動文學與宣傳作品又不夠格做對手，那麼對立的意識、激進的色彩和浮淺的情緒化的爭吵就是不必要的了。而且，由於具備傳統與現代兩方面的學術修養，夏濟安自然地就注意到了現代主義文學和以往傳統的相通性。

可以這樣說，夏濟安基本上是從一種學術立場上看待和引介現代主義，本來他就是以學術研究的形式進入現代主義世界的。《文學雜誌》創辦前一年（一九五五年）的春天，他在印第安那大學進修，選修了「亨利・詹姆斯」和「近代心理小說」兩門課，從詹姆斯專家伊德耳（Leon Edel）受業，寫了關於亨利・詹姆斯的〈評艾思本遺稿〉、〈論夏德〉，關於詹姆斯・喬伊斯的〈論狄達勒斯〉，關於威廉・福克納的〈維農陀〉。《艾思本遺稿》（*The Aspern Papers*）是中篇名作，夏德（Chad）是《奉使記》（*The Ambassadors*）的主角，狄達勒斯（Stephen Dedalus）是貫穿《青年藝術家畫像》（*A Portrait of the Artist as a Young Man*）和《攸力西斯》（*Ulysses*）的人物，維農陀（Vernon Tull）在《彌留之際》（*As I Lay Dying*）中只是一個不起眼的小角色。這些文章是在他去世後才被朋友和學生從英文翻譯過來發表的。夏濟安嚴格遵守新批評的分析方法，對名家名作精思細讀，嚴謹的治學精神貫穿其中，很難發現隨隨便便寫出的句子，對作品之外的東西幾乎不置一詞，更不必說表露一般現代主義倡導者的激進意識與情緒。有一個細小的地方引起了我的注意，新批評因為要避免「意圖謬誤」而反對從作者出發解釋作品，在〈論狄達勒斯〉裡，夏濟安對名批評家吉爾勃特（Stuart Gilbert）認為斯蒂芬・狄達勒斯表現了作者喬伊斯的某一方面的說法頗不以為然，我想他是據新批評的觀念反駁的：「如果我們說斯蒂芬・狄達勒斯和布魯姆先生都是這位小說家的豐饒的思想中的產物，比我們說他在描繪斯蒂芬時只不過是他自己性格的『一面』的描繪，對於喬伊斯而言要公正多了。」❻

一份學院派雜誌力避浮躁和情緒化，應該說是比較自然的事，特別雜誌又是這樣一位學者來主持。另外一方面的考慮也可能比較現實：《文學雜誌》創刊之時，紀弦的六大信條正倍受保守的批評家的責難與攻訐，幾成軒然大波。大張旗鼓、堂堂正正地介紹現代主義，最合適的時機要等到六十年代《現代文學》時期；出於策略性的想法，還是謹慎些、理智些，必要時未嘗不可以「暗渡陳倉」，很可能這樣更有效。

於是，在對西方現代主義的實際引介過程中，穩重、耐心、細緻作為一種極其明顯的個人化特徵表現出來。

說穩重，從上文引述的兩篇〈致讀者〉中就可以看出來。而耐心與細緻，再看〈香港——一九五〇〉和它的後記，就會獲得一個強烈的印象：一首短詩，四十四行，兩頁多一點，後記卻寫了密密麻麻近五頁，大約五千字。後記談到〈荒原〉的節律及其對〈香港——一九五〇〉的啟發，談到兩首詩都是「以混亂的形式來模仿混亂的時代」，還用相當的篇幅逐節逐句解釋〈香港——一九五〇〉，甚至具體到了詞和字。還可以舉一個《文學雜誌》之外的例子佐證：在《現代英文選評注》❼裡，夏濟安開篇就講現代主義經典

---

❻《夏濟安選集》，第一五二頁，志文出版社，一九七一年版。

作家福克納的名作《熊》(*The Bear*),原文中幾句對人們如何「談熊色變」的籠統描寫,被夏濟安講得有聲有色,特別是一個詞 corridor(走廊)的用法和涵義,從抽象到具體,從空間到時間,其中曲折,一一道破,既見功力,又妙趣橫生,可惜摘引起來過於複雜,不免遺憾。

把大量的耐心投入到作品內部,細緻地分析構成作品的因素,頗能展示「新批評」的「細讀」(close reading)精神和方法,《文學雜誌》一卷二期夏濟安的〈評彭歌的「落月」兼論現代小說〉就被認為是運用「新批評」方法寫的大文章❽。問題的重要性也許更在於,耐心與細緻經常地針對作品自身時,就自然地產生出文學本身的自覺意識,比如借評〈落月〉之機,夏濟安幾乎涉及了現代小說本文內部的所有重要方面,如心理小說與意識流技巧,象徵主義與詩的技巧,小說敘述的觀念、視點與技巧,現代小說人物性格

---

❼ 一九六〇年臺灣商務印書館出版,所收文字均是夏濟安為《學生英語文摘》專欄 Grammar Road and Rhetoric Street 所寫。一九八五年上海譯文出版社出版經朱乃長修訂後的版本,此版刪除了臺灣版中的個別篇目。

❽ 參見夏志清,《愛情 社會 小說》。

的多面性問題等等。

「編者個人的好尚」不能完全等同於雜誌實際呈現的面貌，但基本的精神與格調與此緊密相連。考慮到《文學雜誌》只是幾個「有共同的理想和相似的興趣」的人湊在一起辦的，而編務主要由夏濟安一個主持❾，這種聯繫的緊密性當毋庸置疑。

《文學雜誌》對西方現代主義文學的翻譯與評介

《文學雜誌》於一九五六年九月創刊，到一九六〇年八月休刊，前後經過整整四年，每月一期，半年成卷，總共出版了八卷四十八期。這份以臺大外文系為大本營的雜誌，注重介紹和研究西方文學也是情理之中的事。據筆者對外國文學部分的篇目統計，從一至四十八期，共譯詩歌五十八首，散文十一篇，小說二十四篇，劇本二種；外國文學理論與批評，共五十七篇，其中三十七篇是翻譯；另有八篇（六篇譯文）雖難以歸於上面的幾類，卻無疑也屬於外國文學部分，比如〈薛西福斯的神話〉等❿。

❾ 劉守宜，〈感想和希望〉，載《文學雜誌索引》，聯經出版事業公司，一九七七年版。

❿ 各種數字均按實際篇數計，凡分次連載的，均算作一篇，比如《德莫福夫人》，從第四卷第四

對於現代主義的介紹又是外國文學部分的重點。這方面比較重要的綜合性評論的譯文有：Wallace Fowlie 的〈現代法國詩的特徵〉、〈現代法國詩人譜〉⓫，Malcolm Cowley 的〈兩次大戰後的美國戰爭小說〉⓬、〈論批評家影響下的美國現代小說〉⓭，William Barrett 的〈現代藝術與存在主義〉⓮，William York Tindall 的〈現代英國小說與意識流〉⓯，Alfred Kazin 的〈孤寂的一代〉⓰，T. S. Eliot 的〈傳統與個人的天賦〉，William Van O'Connor 的〈談現代小說〉⓱，以及 Albert Camus 的〈薛西福斯的神話〉⓲等。翻譯的創

期連載至第五卷第一期，篇目上出現四次，但只作一篇計。

⓫ 葉維廉譯，分別載《文學雜誌》第三卷第四期、第六期。

⓬ 白紹康譯，載《文學雜誌》第六卷第一期。

⓭ 劉紹銘譯，載《文學雜誌》第七卷第一期。

⓮ 朱南度譯，載《文學雜誌》第六卷第三期。

⓯ 朱南度譯，載《文學雜誌》第六卷第五期。

⓰ 翁廷樞譯，載《文學雜誌》第七卷第三期、第四期。

⓱ 立青譯，載《文學雜誌》第八卷第四期。

⓲ 朱乃長譯，載《文學雜誌》第八卷第二期。

作和作家作品論突出的重要作家有：里爾克、波德萊爾、亨利・詹姆斯、凱塞琳・安・泡特、卡謬、海明威、艾略特、托馬斯・曼等。整體地看，譯文和用漢語寫作的評論幾乎涉及到了西方現代主義的各個時期和流派。

面對異常龐雜、被籠統地稱為現代主義的十分鬆散的文學結合體，《文學雜誌》介紹這個作家、這部作品和這樣的文學運動或流派，而對另外的作家、作品、運動、流派不表示相同的熱情，甚至是漠然，其間的取捨當然有偶然性的原因，它超出分析的範圍；但仍然有重要的部分在這個範圍之內，可以而且需要進行探究與描述。問題將從三個方面展開：一、選擇標準，二、評介方式，三、譯介內容。

（一）選擇標準

明確的取捨原則是不存在的，但對譯介對象的分析還是可以顯示出模模糊糊的、傾向性的標準，主要表現是：一、偏重過渡性文學的介紹，二、迅速地反映當時世界文壇的熱點和動向。

英國現代史家艾倫・布勒克 (Alan Louis Charles Bullock) 曾經指出，現代主義文學

「有兩個年齡聚集層要加注意」，第一齡層的作家「按出生年代來看明明是十九世紀的人，但他們在一八九〇年起的二十年間拿出的作品卻有不少屬於現代文學」，像斯特林堡、亨利．詹姆斯、康拉德等；「第二齡層是較為年輕的一代，他們到二十年代成了文壇的主力，但他們在大戰前都在從事創作了。」第二齡層的作家是那些我們會毫不猶豫地歸入現代主義的人，如普魯斯特、托馬斯．曼、卡夫卡、里爾克、D. H. 勞倫斯、詹姆斯．喬伊斯等。而「現代文學運動的根子，在波德萊爾、福樓拜、陀思妥耶夫斯基那裡，自然也在尼采、易卜生和一八八五年去世、但二十世紀才被發現的克爾愷郭爾那裡」⑲。在上面，這篇文章的第一部分裡，曾引夏志清的話談到夏濟安的過渡者的自覺意識，《文學雜誌》對現代主義文學的選擇與介紹有意無意地反映出這種意識，更確切地說，是譯介者主體的過渡性投射出去，去發現過渡性的對象。所謂過渡性的文學，一方面表明了時間上的屬性，作家作品是現代主義文學的前驅或者處於現代主義的前期，如被布勒克稱為「根子」作家的波德萊爾、福樓拜、陀思妥耶夫斯基和劃在第一齡層的亨利．詹姆斯，

⑲ 艾倫．布勒克，〈雙重形象〉，趙少偉譯，收入《現代主義研究》，袁可嘉等編選，中國社會科學出版社，一九八五年版。

雜誌都有作品譯文或者專論；另一方面，是時間屬性之外的，作品本身的表現與現代主義之前的文學傳統有較緊密的聯繫，容易獲得傳統的認可，特別是在形式和語言方面不具有較強的試驗性的，如托馬斯・曼、D. H. 勞倫斯的小說和里爾克的詩。《文學雜誌》介紹了這幾位作家和他們的作品，而對以一己的方式把現代主義推向某種極端的普魯斯特、卡夫卡等卻未去問津。

今天，當我們用讀卡夫卡或喬伊斯的眼光去看亨利・詹姆斯的時候，我們或許會覺得他簡直就是個十分傳統的作家，可是如果按照文學史發展的順序來看，亨利・詹姆斯對於小說的新貢獻就顯得非常突出。也只有這樣，才能解釋詹姆斯為什麼會成為《文學雜誌》的頭等嘉賓。《文學雜誌》分四期連載了聶華苓譯詹姆斯的小說《德莫福夫人》，刊登了侯健譯詹姆斯的論文〈小說的架構〉[20]，以及朱乃長譯 Stephen Spender 著〈論亨利詹姆斯的早期作品〉[21]和林以亮寫的〈亨利詹姆斯與其小說〉[22]。這四位都是《文學

---

[20] 載《文學雜誌》第四卷第五期。

[21] 同上。

[22] 同上。

雜誌》最基本的作者和譯者，後三位與這本雜誌的關係更緊密㉓，由此可見他們對詹姆斯的鄭重其事。

林以亮的評論大致上能夠代表當時譯介者同時也是接受者的基本的認識：「詹姆士之所以不能受到當代讀者的廣大歡迎，主要還是因為他跑在他時代的前面。他雖生活於十九世紀，可是他的氣質、對藝術的看法、風格卻屬於一個道地現代作家所有。一般批評家都承認他開現代心理小說的先河。沒有他，就不會有法國的普羅斯特（Marcel Proust），也不會有愛爾蘭的喬埃斯（James Joyce）。他們三人非但在小說中運用近代心理分析的技巧，而且都寫得一手好散文。同現代作家一樣，詹姆士也認為近代科學文明侵犯並傷害了創造者的想像力。他覺得唯有想像力才能組織並提煉生命中的精華。」

有時候，從過渡性作品中發現潛在的現代主義傾向與情緒，需要有比面對充分發展的現代主義文學更多的敏感。比如英國小說家凱塞琳．曼殊斐兒（Katherine Mansfield）的《園遊會》（*The Garden Party*），用浮泛的眼光很容易就把它只看成階級性的揭露：一邊

㉓《文學雜誌》發行人劉守宜後來回憶說，林以亮、侯建、朱乃長都是「在雜誌出版的那四年」「出力最多的」。見〈感想與希望〉，為《文學雜誌索引》前言。

是舞會和遊樂，另一邊，鄰近的貧民窟卻正有死亡降臨。但是，〈現代英國小說與意識流〉一文卻注意到了超出揭露的一面：在歡樂與死亡事件之後，小羅拉叫道：「『生命豈不是……生命豈不是……』然而她說不出生命究竟怎麼樣。……羅瑞說：『親愛的，豈不是？』」

《文學雜誌》對現代主義文學的介紹，突出了過渡性質的文學之後，相對地留下一個空檔，一躍而至五十年代的世界文學潮流之前，盡力呼應。雜誌四卷六期翁宗策〈叛徒〉一文，即是介紹「替一九五〇年代的文學展開了新的一頁」的英國「憤怒的青年」(Angry Young Men) 一派的代表作家和作品。雜誌的譯文有很多是從最新的出版物中翻譯過來的，其中不少是關於當時文壇狀況的分析與介紹，比如一九五九年十一月二十日出版的《文學雜誌》七卷三期和十二月二十日出版的七卷四期連載的 Alfred Kazin 的論文〈孤寂的一代〉，就是翁廷樞從一九五九年十月號的 Harper's *Magazine* 上譯出的，而論文的內容，又是「評五十年代美國小說」，可謂反應迅速。另一個例子是對卡謬的介紹。一九五七年卡謬獲諾貝爾文學獎，《文學雜誌》給了他比亨利・詹姆斯更重的禮遇，翻譯了他的小說〈客人〉㉔、〈蕩婦〉㉕、〈叛教者〉㉖、〈沉默的人們〉㉗和哲學隨筆〈薛西福

㉔ 朱乃長譯，載《文學雜誌》第三卷第五期。

斯的神話〉片斷，還配合作品譯出了幾篇評論，有〈評卡謬的一部短篇小說集〉㉘、〈卡謬的「荒謬論」〉㉙、〈卡謬論〉㉚和〈論卡謬的小說〉㉛。

（二）評介方式

《文學雜誌》「外國文學評論」部分，大部分是譯文，自己寫的不多。但從不多的評論裡，仍能發現當時的中國人在接受和認識西方現代主義時採取的特殊方式。上文曾用「穩重、耐心、細緻」這樣過於印象性的詞彙來描述夏濟安在引介現代主義過程中表現

㉕ 朱乃長譯，載《文學雜誌》第八卷第一期。

㉖ 朱南度譯，載《文學雜誌》第八卷第二期。

㉗ 朱南度譯，載《文學雜誌》第八卷第六期。

㉘ Norman Podhoretz 著，朱乃長譯，載《文學雜誌》第四卷第三期。

㉙ Jaceb Corg 著，編者譯，載《文學雜誌》第八卷第二期。

㉚ Charles Rola 著，劉紹銘譯，載《文學雜誌》第八卷第二期。

㉛ Germaine Bree 著，石莊譯，載《文學雜誌》第八卷第二期。

出的個人化特徵，對此進行具體化和理論上的提升，就可以標示雜誌的一種評介方式，即是：細讀作品本文，在作品內部進行精心分析，常常特別偏重於技巧層面。曾經提到的〈評彭歌的「落月」兼論現代小說〉就可以看成是一篇借題發揮的這類文章。這樣一種評介方式表現得非常突出的，還有鄭文德的〈談黎爾克的詩〉㉜、文孫的〈一篇現代小說中象徵技巧的分析〉㉝等。特別是〈一篇現代小說中象徵技巧的分析〉，作者對凱塞琳．安．泡特的小說《盛開的猶大花》逐句逐段地討論，其細緻與功力令人驚歎。而且，作者做這樣的工作，是有相應的理論和觀念為基礎的，作者說：

> 這篇文章擬特別注重技巧，注重分析，其實這也是現代文學批評的一個特色。至少在小說方面，因為日益趨近於詩的表現，企圖發掘個人內心深處，乃至所謂潛意識裡的奧祕，對於這樣豐富而又難以了解的題材，要想接觸和掌握，技巧分析被認為是非常重要的途徑，小說批評家斯高妻 (Mark Schorer) 甚至說：「技巧是一

㉜ 載《文學雜誌》第一卷第二期。

㉝ 載《文學雜誌》第二卷第二期。

個作家用來發現、探索和擴展他的題材，傳達它的意義以及估量它的價值的唯一方法。」現代的小說研究並不忽略作品所表現的人生意義、道德價值、時代精神或宗教企慕，但是小說作家利用新穎而精微的技巧，表達這些複雜的思想和環境，批評家也得從技巧的分析上面，找尋作品裡的思想和意境。

儘管評介者並未對技巧做極端的強調，只是把技巧分析作為進入現代主義文學的「途徑」，沒有置作品的內涵於不顧，但是偏重技巧分析的作法本身就很難說不曾隱含剝離其技巧為我所用的心理，而且這樣的實際效果幾乎是不可避免要產生的。不過這也無可厚非，因為任何的詮釋與接受行為都不可能不是對原作的拆解與重構，首先被吸收的也總是容易被吸收的那部分。

（三）譯介內容

譯介內容與選擇標準密不可分，實際上談標準的時候已經連帶地把內容敘述過了。所以重複地提出這個問題，是想從文學流派和思潮的角度重新整理一下。

相應於對過渡性文學的偏重，象徵主義文學和心理小說是譯介的重要內容，可以為這兩方面的內容挑選出具有代表性的論文：前者以葉維廉譯 Wallace Fowlie 的〈現代法國詩的特徵〉和〈現代法國詩人譜〉為代表，後者當推朱南度譯 William York Tindall 的長篇文章〈現代英國小說與意識流〉。這是非常自然的，因為象徵主義是西方現代主義中最早出現的流派，其精神與手法已滲透進後來的文學中，成為現代主義的基石；心理小說向意識流的發展，不僅是一場大膽的文學革命，而且第一次標舉出在意識領域之內進行的大規模探索，反映了人對自身的認識正處於巨大的變化之中，而現代主義文學，從特定角度看正是這種巨大變化的結果。

對於存在主義思潮的譯介是另一個重要內容，朱南度譯 William Barrett 的〈現代藝術與存在主義〉可謂代表性論文。存在主義思潮席捲差不多整個世界，並不表示人們能夠確切地知道它全部的涵義，甚至可以說，準確的、嚴格的涵義、概念之類的東西對於大多數人並不重要，在經歷了兩次世界大戰的災難之後，人們需要表達自己的情緒與感受，而存在主義這樣一個含混的名詞正好提供了表達的方便。應該說，有兩種人「創造」了存在主義，一是存在主義的哲學家和文學家「創造」的，另一種是普通人「創造」的大眾化存在主義。在二者之間，最基本的內容是相通的，它們共同表達了對以往神聖價值的唾棄，表達了普遍性的空虛與絕望的感覺和荒誕的生存之境。《文學雜誌》介紹存在主義，沒有翻譯和評介沙特，卻相當明顯地突出了卡謬一個人，我想可能有這樣的原因：卡謬獲五七年諾貝爾獎，是個熱點；沙特一九五五年到大陸訪問，並撰文讚揚新中國的社會主義制度，政治性的因素使他未能受到《文學雜誌》的青睞。另一方面，從接受的角度看卡謬比沙特更好懂。更重要的原因在於，卡謬對荒誕的揭示，特別是那種薛西福斯式的不屈的戰鬥精神吸引了當時臺灣的譯介者。

在這裡我想提及海明威。我無意把他當做一個存在主義者，但他有一段話在五十年代下半期至六十年代初期的臺灣雜誌上出現頻率很高，事實上與存在主義思潮的反響是糾纏在一起的。這段話是《戰地春夢》中的一節：

> 「神聖」，「光榮」，「犧牲」，「白白犧牲」這些字眼永遠使我窘迫。這些辭句我們久已聽慣見慣，有時候站在雨中，站得太遠幾乎聽不見，只有大聲喊出的幾個字可以聽到；也曾經讀到這些，在告白上——張貼布告的人隨手黏貼在別的告白上

的告白——而我從來沒有看見過任何神聖的東西，而光榮的事物也並不光榮，而犧牲也就像芝加哥的屠場，假若屠場裡僅只把肉埋葬起來，不作他用。許許多多字眼都是不堪入耳，結果只有地名是莊嚴的。……具體的村莊的名字，道路的號碼，河流的名字，部隊的番號，日期。抽象的字句如同「光榮」，「榮譽」，「毅力」，或是「神聖」，相形之下都是穢褻的。

在《文學雜誌》上，這段話被兩次引述，一次在張愛玲譯 Robert Penn Warren 的〈海明威論〉[34]裡，另一次在〈現代藝術與存在主義〉中。雜誌上還有兩篇關於海明威的文章，一是余光中譯 Clinton S. Burhans 的〈「老人和大海」：海明威對人類的悲劇觀〉[35]，一是朱乃長譯〈海明威訪問記〉[36]。某種意義上，海明威頗類卡謬，他一方面暴露出極端的空虛與絕望，另一方面又極力豎起一個永遠不會被打垮的硬漢形象，比較能夠認同薛西

[34] 載《文學雜誌》第一卷第三期。

[35] 載《文學雜誌》第八卷第一期。

[36] 載《文學雜誌》第五卷第一期。

福斯。

「誤讀」檢討

雖然《文學雜誌》對西方現代主義文學的翻譯與評價幾乎涉及到了各個時期和流派，但遠算不上系統和完備，這還有待後來的雜誌如《現代文學》等。探究原因，一方面，《文學雜誌》並不以介紹西方現代主義為唯一的宗旨，其他種類的文章和當時的創作占去了很大的篇幅；另一方面，當時刊物同仁對西方現代主義的認識與理解儘管在臺灣社會處於先覺者的位置，但卻是大致上屬於他們自己的初期階段，即使雜誌傾全力於此，也不一定就能夠做得非常圓滿。

但更有理論與歷史價值的檢討還並不在上述方面，饒有趣味的是對現代主義文學的有意或無意的「誤讀」。這裡面包含著接受者的知識結構和接受與闡釋策略的問題。從策略性的角度考慮，引介者有意識地把西方現代主義反對傳統文化和傳統文學觀念的尖銳性特徵包裹起來，把易引起激烈反對的因素隱藏起來，以遷就當時的文化觀念和文學意識，企求為它容忍和接受，用一種表面溫和的方式達成內部結構的「改良」。鑑於當時臺灣文壇保守勢力對現代主義的攻擊，無法排除《文學雜誌》對現代主義闡釋時存在這種「有意識」的情況。

但更重要的可能是引介者的精神與知識結構問題。在我看來，現代精神本質上是自傳性的，即使從外部引入，也必須自身內部具有同質的東西相呼應，互相激發。夏濟安在精神和心態上基本屬於現代主義文化之前的階段，他具有某種浪漫精神，也曾有一段經歷在內心造成強烈的浪漫體驗，但在深深品嘗了浪漫的苦楚後，退而回到愈加謹慎與保守的心態上去[37]。在知識結構上，深厚的中西傳統文學素養反而成了理解與接受現代主義的一種負擔，在對現代主義進行闡釋時，他更看重在傳統與現代之間能夠溝通的部分，具體的闡釋過程往往表現出用現代之前已有的語言與術語進行操作，在闡釋與闡釋對象之間存在著明顯的不和諧；這也很難怪有些研究者把《文學雜誌》簡單地看成一份提倡現實主義的雜誌，特別其根據只是建立在對創刊號的〈致讀者〉的字面理解上。

一般說來，接受者總是帶著先在的精神與知識結構去接受一種新東西，接受的初期，不可避免地用原有的意義系統去闡釋陌生的事物，不可避免地存在各種程度的「誤讀」。

[37] 參見《夏濟安日記》，時報文化出版事業有限公司，一九七九年十一月第一版。

但是理想的接受過程的發展必須不斷超越初期的狀況，不斷縮小「誤讀差」，即使永遠無法達到，但也必須不斷趨向「真實」的「原樣」。大致上，《文學雜誌》缺少這種接受過程的發展。

另外還需要提出的是，在西方眾多的理論與批評流派中，夏濟安和《文學雜誌》特別偏重新批評方法的運用。新批評本身就帶有一定的保守性，特別是施之於對現代主義文學的剖析，把作品從社會和文化中孤立出來考察，其保守性就愈發明顯。因為現代主義徹底反叛傳統、反抗社會的力量被排除在闡釋領域之外，剩下的就只能是對封閉在作品「內部」各種花樣的過分關注。

總括觀之，《文學雜誌》對西方現代主義文學的「誤讀」，其傾向是化解、掩蓋、漠視現代主義文學最震撼人心、最刺痛傳統與社會的力量，而這種力量，恰恰正是現代主義核心的表現。

但是，儘管存在這種傾向，核心質的東西還是要突破化解、掩蓋、漠視的闡釋表面顯現自身，闡釋與闡釋對象之間的不和諧，正是闡釋對象努力顯現自身的證明，它頑強抗拒原有意義系統的同化性闡釋，並破壞原有的意義系統本身，不可遏止地突出自身嶄新的、充滿生機的全部面貌。這也就是為什麼《文學雜誌》對西方現代主義的譯介產生巨大影響的原因，否則這種影響是無法解釋的。

《文學雜誌》與現代小說創作

《文學雜誌》一方面引介西方現代主義文學，另一方面注意扶植青年作家的成長，後來創辦《現代文學》的白先勇、王文興、陳若曦等都在《文學雜誌》上發表過作品，夏濟安和《文學雜誌》對他們的影響是非常大的。需要說明的是，這種影響要到後來才看得更明顯，不一定就在當時發表的作品中清楚地反映出來。比如，日後成長起來的作家中有很多曾對亨利・詹姆斯感興趣並受其影響，突出的例子像歐陽子在很長時間裡不斷研讀詹姆斯，王禎和幾成詹姆斯的信徒，文學觀念和創作風格十分近似。這與《文學雜誌》對詹姆斯的推崇有很大關係。這是其一；其二，他們當時初試創作，一般說來，現代主義的意識不一定就很強烈，文學本身的實驗性也不是特別自覺，到後來，他們才會有充分的發展。像王文興，在《文學雜誌》上發表過三篇小說、一篇散文，已露其文學意識之端倪，但力作尚在後頭；再如雜誌的另一位小說作者叢甦，其被白先勇稱為「臺灣中國作家受西方存在主義影響，產生的第一篇探討人類基本存在困境的小說」〈盲獵〉是在後來的《現代文學》上發表的。儘管如此，《文學雜誌》卻是臺灣第一塊滋潤催生現代小說的園地，下面以白先勇和陳若曦為例做一個簡單的敘述。

「有一天，在臺南一家小書店裡，我發覺了兩本封面褪色，灰塵滿佈的《文學雜誌》第一、二期，買回去一看，頓時如綸音貫耳，我記得看到王鎮國譯華頓夫人的〈伊丹傅羅姆〉，浪漫兼寫實，美不勝收。……夏濟安先生編的《文學雜誌》實是引導我對西洋文學熱愛的橋梁。我作了一項我生命中異常重大的決定，重考大學，轉攻文學。」白先勇進入臺大外文系後，「最大的奢望便是在《文學雜誌》上登文章」[38]，後來他的處女作〈金大奶奶〉和〈入院〉（後改名〈我們看菊花去〉）就分別發表在《文學雜誌》五卷一期和五卷五期上。〈入院〉「出於無意識」運用了象徵手法，「經夏先生指點後，有了自覺，開始運用象徵與寫實的手法，逐漸確立了自己的風格。」[39]

仔細看來，白先勇一直都不是一個具有濃烈的現代主義色彩的作家，他身上特有的

---

[38] 白先勇，〈驀然回首〉，編入《臺灣作家創作談》，海峽文藝出版社，一九八五年版。

[39] 〈恩師夏濟安　塑造白先勇〉，載一九七九年八月二十八日《中國時報》。

歷史感和文化上的鄉愁養成他尊重傳統、略顯保守的文化氣質（這一點使他在他們那一批現代作家中與夏濟安最為接近），同時，在他的作品中也很容易看出從西方文學訓練中獲得的技巧和從對現代主義的體會中悟得的精神，這些不同性質的東西共處，有時候竟然非常和諧，成就一些不凡的作品，還有不少的時候卻不可避免地產生互相分離的效果。

陳若曦分別在《文學雜誌》四卷一期和六卷一期發表的小說〈欽之舅舅〉和〈灰眼黑貓〉，以異常的方式表現異常的世界，它們出自一個女大學生的手筆，不能不令人非常吃驚。在此，我願意摘引葉維廉對陳若曦小說的描述㊵。葉維廉指出，陳若曦初期的小說，「情緒激溢，語言誇張，著重戟刺，小說的進展被強烈的未受節制的主觀意識及偶發而具爆炸性的潛意識活動所左右」、「異情異境」、「絕境」、「狂暴面」成為小說的題材，「作者在迷惑於神祕引力（如〈欽之舅舅〉中的月亮）及神祕的破壞力（如〈灰眼黑貓〉）之餘，常常有意識把異乎尋常的怪異行為、意識、現象誇張及神祕化，作為她小說中的引力，在這個誇張及神祕化的過程中，她依賴著一個近乎『暴風雨』的狂亂的語言和律

㊵ 葉維廉，〈陳若曦的旅程〉，原載一九七七年十一月七日《聯合報》副刊，後收入《聯副三十年文學大系／評論卷③現代文學論》。

動。」葉維廉還特別說道：「我們手上沒有資料證明陳若曦曾否細讀『陰森大師』艾嘉・愛倫・坡的象徵作品，但她迷惑類似的神祕氣氛，如〈灰眼黑貓〉在氣氛的層次上幾乎像坡的〈大黑鴉〉那樣，一層一層把黑的氣氛加深，把出場的人物都作了『可怕的扭曲』，把死亡的必然性——甚至可以說黏性緊握不放，如影隨形，而使其他在此氣氛中出現的事物人物都帶上表現主義的可解不可解之間的象徵，小說中的黑貓是顯著的死亡的化身了，但田中突現的老灰婆，『額上纏了一塊黑紗』，在小說中出現的時候，可以說是一種氣氛的元素放射著暗示死亡的可能。」可以做一點補充說明，即是《文學雜誌》四卷三期刊載過余光中譯〈愛倫坡詩選〉，其中就有〈大黑鴉〉一詩。葉維廉的描述既傳真又精彩，但是他「因為她依賴著一種無法與外在現象對證的神祕世界作為她語言的發揮」而把〈欽之舅舅〉等稱為「失敗的作品」，卻未可輕易認同。為什麼一定要用對外在現實和現實深度的揭示來作為衡量標尺呢？葉維廉認為陳若曦後期的〈尹縣長〉等是優秀作品，可以表明他評價時的寫實主義立場。顯然《文學雜誌》時的陳若曦（一直到《現代文學》初期）不是一個客觀寫實主義者，她正是用「無法對證」的文學來表明她是一個特殊的現代性作家。

結語：新世界的誕生

《文學雜誌》致力西方現代主義文學的譯介，引導現代性創作，它的刊齡雖僅四年，卻是當代臺灣史上一份重要的文學雜誌，影響後世，功不可沒。它的繼承者《現代文學》將其精神發揚光大，引介與創作並舉，使現代主義成為六十年代臺灣文學的主潮。臺灣當代元老評論家葉石濤，其文學觀念中頗多與現代主義相左的地方，但他在《臺灣文學史綱》中還是指出：「五〇年代末期的《文學雜誌》的出現，的確扭轉了五〇年代閉鎖的文學風氣，提供了另一扇門，讓跟官方文學意見不同的作家發抒較不被束縛、自由、異質的文學理論和主張，它刺激了六〇年代『橫的移植』的浪潮的洶湧起伏。這也是繼承胡適的主張下了一個有力的注腳：即文學應該是人的文學，自由的文學，作家必須在自由的環境下自由創作，不須任何機構的輔導。」[41]

如果我們把現代主義看成是文學的一種「形式」，那麼，它在臺灣的被接受，可以做兩層意義的理解，一是接受者自身需要這種「形式」；第二，「形式」為接受者創造了一

[41] 葉石濤，《臺灣文學史綱》，第一〇七頁，文學界雜誌社，一九八七年版。

份新的「內容」，一個新的世界。《文學雜誌》就是這個新世界的一塊誕生地。雜誌八卷四期上，W. V. O'Connor在〈談現代小說〉一文中把這第二層意思說得清楚明白，值得引述並作為對《文學雜誌》譯介西方現代主義文學之深層意義的揭示：

> 所謂藝術家創造時代或創造世界（意謂：在他們沒有把時代或世界的特徵攝入藝術形式之前，那時代或世界還未被描述，因此也未為人們透徹了解），這個似是而非的論調當然要涉及形式問題。若說在我們沒有看到出自具有創造和敏感性的藝術家手下的，那些有意義和有條理的藝術品之前，我們並未了解我們所處的是怎麼樣的世界，並不算太過分其詞。奧登(W. H. Auden)曾於某文中說，一個平庸的詩人和一個偉大的詩人分別就是：前者只能喚起我們以往對許多事物曾有怎樣的感覺，後者則能使我們如夢初醒地明白我們對這些事物的感覺。「感謝這首詩給我的啟示，從今以後，我將有不同的感覺。」對於這一句話，我們還可以補充地說：詩人能使我們首次看到一個時代的特徵。……形式——象徵的架物——不是生活的印模，它是一種代表，它能使我們更透徹地了解存在藝術以外的各項事物。

讀夏濟安私記

夏濟安是誰？

十二三年前，我還是個用功的好學生，為「研究」的需要，通讀了一套完整的《文學雜誌》，從一九五六年創刊到一九六〇年結束，共八卷四十八期。夏濟安是這個雜誌的主編，其時他任教於臺灣大學外文系，雜誌也就順理成章以臺大外文系為大本營。五十年代初期的臺灣文壇，充斥的是官方推行的「反共八股」和坊間泛濫的男女私情，真正的文學難得一見。這樣的荒蕪自然引發不滿，尋求突破的文學力量也正滋生。《現代詩》雜誌、《創世紀》詩刊正是誕生於這一背景之下。學院派特徵明顯的《文學雜誌》的出現，以自己特殊的介紹西方現代主義的方法和策略，以它對新的文學力量的發掘和催生，產生了深遠的影響和意義，以致於後來的文學史家，把它看成是臺灣文學史上的「里程碑」。

那時候，偶爾會有人問夏濟安是誰。為了鎮住問的人，我就說，夏濟安是白先勇、王文興、歐陽子、陳若曦他們這一批作家的老師。沒有這些人，臺灣六十年代的文學史就缺了最重要的一塊兒；而他們，都是從《文學雜誌》起步的，又都是臺大外文系的學生。白先勇後來寫《恩師夏濟安　塑造白先勇》，說他在一家小書店看了第一、二期的《文學雜誌》，就做了一項生命中異常重大的決定：重考大學，專攻文學；進入臺大外文系後，最大的奢望是在《文學雜誌》上發表作品。後來果然如願以償，得到夏先生指點，逐漸確立了自己的風格。幾年後《文學雜誌》停刊，白先勇等創辦《現代文學》，正是先師未竟事業的延續和光大。

八十年代有很長一段時間，夏志清的《中國現代小說史》在研究現代文學的圈子中半遮半掩地傳閱，大陸雖然沒有出版過夏志清的著作，夏志清的大名已經如雷貫耳。為了告訴別人夏濟安是誰，我有時也會一本正經地說，他是夏志清的哥哥，名氣沒有夏志清大，但學問比夏志清好。幸好沒碰見誰追問學問怎麼個好法，否則真要露馬腳了。

記得一九九二年春天，我到北京圖書館查找資料一無所獲，苦惱之際，趙園老師從社科院文學所資料室幫我借到《夏濟安選集》；後來又通過一個朋友輾轉，複印了《夏濟安日記》。現在已經不是那時候了，遼寧教育出版社的「新世紀萬有文庫」繼一九九八年出版《夏濟安日記》後，又於二〇〇一年出版《夏濟安選集》，這兩冊臺灣舊書的大陸新版，引起一些人對夏濟安的好奇。夏濟安是誰？比起十多年前，對這個問題有興趣的人自然是多了起來，儘管也多不到哪裡去。

夏濟安一九一六年生於江蘇，一九四〇年上海光華大學畢業後任教於該校英文系，這一年《西洋文學》創刊，張芝聯、夏濟安、柳存仁、徐誠斌等是撰稿、組稿的重要力量，以翻譯和介紹為主，出過喬伊斯和葉芝的專集。夏濟安到臺灣後主編《文學雜誌》，很大意義上可以說是當年《西洋文學》的復活。一九四五年秋到一九四八年底，先後任教西南聯大外語系、北京大學外語系。後在香港滯居一年半，一九五〇年由港赴臺，任教臺大外文系。一九五九年赴美，先後在西雅圖華盛頓大學和加州大學柏克萊分校任教和從事研究。一九六五年因腦溢血去世，不滿五十歲。

夏濟安的早逝令許多人扼腕，他在諸多方面的才華未能充分展現，未能成就更大的個人事業。可是，什麼是個人的事業呢？他以一個刊物編輯、一個大學教師的單薄力量，推動了一個時代文學的變化和文學史上一代作家的崛起，這不是他個人最大的貢獻嗎？通常我們只把一個學者的個人著述才看成是他個人的事業，這其實是有些狹隘了；看夏濟安，應該先看到這大的超出狹隘的個人事業觀念的部分，再來看其他的方面，才不至於為管孔之見所囿。

作為一個文學學者，夏濟安常常講到「同情的批評」；陳世驤為夏濟安遺著作序，也特別談到夏濟安的「同情的批評」：「我們看他評彭歌《落月》的文章，看他論現代散文和詩，看他論西洋文學和文化，再看他評中國舊文化與新文學，處處可以體驗『同情的批評』這句話的字字原意、本意、真意，即實際應有的意義，和做到以後真可寶貴的價值，並且更重要的是看到這句話的積極性。旁人一般說慣，大概只作消極的理解：『同情』變成多只是原諒或可憐什麼不幸；『批評』只是在挑錯誤。於是『同情的批評』實用起來成為『原諒錯誤』的聲明或請求。為之者自示寬大，受之者謝您高抬貴手。用於政治，歸為妥協；用於文藝，落得旁敲側擊之後做個好好先生。但濟安在這些文章裡的『同情的批評』，一反這些俗意。他的『同情』真是同鳴共感，而深入的參與到主題對象以內；他的批評真是由排比辨析（批字原意之一）直作到持平的評，更又平穩的、積極的向前推進。從他這最平常的一句話，都運用到本意真詮，就可見其為文之不苟；從他言行之有力，更見其為人之摯切，而富於愛的智慧。」

夏濟安的文學批評，研究中國現代文學的人大都熟悉他的名篇〈魯迅作品的黑暗面〉；我讀夏濟安，還特別注意到他關於白話文的意見。他在〈白話文與新詩〉裡，說為什麼要用白話文寫詩，「假如白話文只有實用的價值，假如白話文只為便於普及教育之用，白話文的成就非但是很有限的，而且將有日趨粗陋的可能。假如白話文不能成為『文學的文字』，我們對於白話文，始終不會尊重。對於文字之美的愛好，是文明人精神生活裡很重要的一部分，我們假如在白話文裡得不到『美』的滿足，我們只有到舊文學裡去找；而懂洋文的人，只好去崇拜洋人了……我們現在寫詩，是考驗白話文能不能『擔負重大的責任』，白話文能不能成為『美』的文字。假如不能，白話文將證明是一種劣等的文字；白話文既是大家寫作的工具，那麼中國文化的前途也就大可憂慮的了。」

一九六〇年《現代文學》創刊，學生們一定很希望得到老師的稿子；夏濟安也很興奮，寫了一篇〈祝辭〉，滿滿五頁紙。但不知什麼原因，這篇文章並未寄出，直到很多年後夏志清整理先兄遺物才發現，在一九九二年五月出刊的《聯合文學》第八卷第七期上公開。這篇〈祝辭〉主要講五四以來的中國新文學傳統，所針對的正是新一代臺灣作家對此缺乏基本了解的狀況。《夏濟安選集》沒有收這篇文章，所以這裡也特別抄兩段，所談也落腳於文學創作的語言——白話文——問題：

我所以嘮叨的講那時候的作家和作品，並不單是因為客居異邦，懷舊之情在作怪，而是也有一點理論根據的。我所關心的，是白話文學的前途……中國新文學有一個特點，那是有關你們一動筆就要碰到的問題的。即你們創作用白話，中國新文學的工具也是白話。白話文，同任何一種文字一樣，不是容易運用的。我相信從事藝術創作者的最大的樂趣，是在和工具的掙扎，以及克服運用工具的困難。白話文本身現在還不十分完美，可是它也是一種不肯聽任指揮的工具。白話文在臺灣的危機，據我看來，是：過去白話文的作品我們能夠看到的不多，可是白話文的陳腔濫調，我們卻好像全從大陸搬來了；最近幾年，還添了不少比較新的陳腔濫調。陳腔濫調是思想的敵人，也是創作的敵人，因為它們很容易滑進你的文章，

> 代替你的思想，代替你的觀察。這個毛病誰都會犯，所以寫文章是件戰戰兢兢的苦事，力求準確而防止不準確的代用品的混入，這是少數獻身於藝術的人才肯做的傻事。我相信你們就是這種少數的傻人。
>
> 五四以來的白話文作家，也曾遭遇到同樣的困難。白話文在他們手裡經過錘打，經過鍛煉；他們曾把它延伸，緊縮，平鋪，扭曲——為了達到種種不同的目的。前人的苦功，一方面可以省卻後人許多苦功；另一方面，也留下許多別的問題，讓後人解決；後人若不花同等的，或更大的「苦功」，是不能解決那些前人所忽視的或不能解決的問題的。

現代文學的語言問題伴隨著現代文學的誕生而出現，一個世紀以後的今天，也仍然困擾著對現代漢語有著自覺省察的寫作者。現在讀夏濟安當年對他的學生們的懇切的「嘮叨」，仍然會感受到那種指向根本的洞察力，而不會覺得這是浮泛的話、過時的話。

夏濟安的聲名，還有一部分是建立在一流翻譯家的美譽之上的。他編選翻譯的《美國散文選》、《名家散文選讀》，很多年前由香港今日世界社印行，被公認為翻譯中的經典；二〇〇〇年復旦大學出版社出版英漢對照《美國名家散文選讀》，即由香港的版本而來。

其實早在一九八五年，上海譯文出版社就出過夏濟安評注的《現代英文選評注》。這本書最初是臺灣商務印書館一九六〇年出的。話說九十年代，我讀博士那會兒，一位美國來的女老師教口語，她熱愛文學，寫詩。為了嚇唬她，我就在課堂上跟她談威廉·福克納，她果然一震，說我們美國人也讀不懂福克納。其實就我那英文，離福克納差不多十萬八千里，我讀的是李文俊、陶潔先生的漢語福克納。為了進一步顯擺我的功夫，我就講了福克納名篇《熊》裡面的一個單詞，corridor（走廊），從抽象到具體，從時間到空間，講得天花亂墜，熱愛文學的美國老師只有頻頻點頭的份——你一定猜到了，我講的全是偷來的。從哪裡偷來的？《現代英文選評注》。偷了這一次之後，我就可以放心大膽地逃課了，最終老師還給了個Ａ。

說夏濟安的英文可以嚇唬美國人，不是誇張的話。他的英文小說《耶穌會教士的故事》就發表在著名的《黨派評論》(*Partisan Review*) 上，同期有大小說家納博科夫的作品，而夏濟安的小說排在第一篇，這多少讓他有點兒得意。

夏濟安確實有創作上的強烈欲望，但他只寫過幾篇小說，寫過一首仿 T. S. 艾略特〈荒原〉的詩〈香港——一九五〇〉；他也曾經有戀愛的強烈願望，但他一直沒有成功的戀愛。他一定沒有想到，不成功的戀愛反倒使他的「作品」——《夏濟安日記》——在他身後風靡臺灣一時。這本日記是一九四六年在昆明西南聯大寫的，他愛上了一個學生。有一天，他這樣寫：「今天做作文，她伏案捷書的時候，我細細的端詳了一下，覺得她的鼻子和面部輪廓，真是美得無可比較，膚色亦是特別嬌嫩……她的座位是在陽光下，我有時站的地位，把陽光遮住，我的頭髮的影子，恰巧和她的臉龐接觸，她不知覺得不覺得？」

最後，還應該說說夏濟安重要的英文著作《黑暗的閘門》(*The Gate of Darkness*)，這本書一九六八年華盛頓大學出版社出版，至今未能全部譯成中文。為了寫這篇文章，我去年年底給哥倫比亞大學的宋明煒兄寫信，問他關於準備翻譯此書的情況。他回信談到讀這本著作的感受，值得一併記在這裡，也就此結束這篇短文：「……此書出版於夏濟安身後，關於左翼文學運動的興起與衰落，到延安座談會對大陸文學界的影響。全書其實都是『敘述』。我個人非常喜歡，認為是夏濟安用文學批評的方式寫的『現代小說』。……夏濟安是有『同情心』的，他不把描寫的對象降格為『不幸者』，而是看作自己（中國）的一部分。讀來時常有切膚之感。……從材料來說，時至今日，此書或者沒有什麼新穎之處；但我依然認為，從文學的意義上，這是一部傑作。可惜在美國早已絕版，幾乎沒有什麼人知道它了。它的中文翻譯屢經多人之手，至今沒有完成。我已經和王德威老師說好，準備從莊信正手中接過譯稿（其中林以亮先生也譯了部分），將它補全校訂，最遲明年春天可以做好臺灣版。」

二〇〇三年三月十一日

現代精神的成長

——對王文興小說創作主題的一種貫通

引言

現代精神在文學中的表現本質上只能是自傳性的，這不僅因為極度內向性的經驗確定了它的個體的、私人的屬性，而且，現代精神本身只是在經驗過程中才被經驗到，不存在一個預設的、能夠被清晰界定的現代精神，因而，沒有相應經驗的人就很難把握住它，至多抓住一些關於它的概念和說法。而現代精神幾乎不太可能成為知識的對象，一旦成為知識的對象，也就被知識規範、限制，漸趨穩固，抽空了內在的活力和生機，失去了變化與衝動的可能性，恰好淪落為現代精神的反面。所以，很多有關現代精神的概念和說法只是沒有實指的空洞符號。在臺灣文壇，站在鄉土派立場上對現代詩和以王文興、歐陽子等為代表的現代主義小說的嚴厲指斥，就常常表現為一大堆空洞符號的無意義堆積。

一九六○年，王文興和他臺大外文系的同學創辦《現代文學》時，才二十一歲。眼觀世界文化的劇烈變動，心受新一代人成長的特殊經驗，這一群「大學才子」(College Wits)彷彿突然間在貧瘠的文壇上崛起了。當然必須承認西方現代主義的啟悟，也必須承認在他們個人意義上的文壇「生手」的身分，但是，從文學的傳承角度看，他們確確實實地拋棄了規規矩矩學步的練習階段，一上場就帶著一種嶄新的文學觀念，以逼人正視的創作實績為臺灣文學創造出全新的書寫傳統。

從王文興的小說創作中，我讀出了一條暗隱在現代人成長、生存過程中的精神發展線索，而且，我強烈感覺到小說中的精神世界與作者的內心路向互相投射，當然這種投射不是直接的，不是建立起一種事實相似性的紀實傳記，投射對於外在事實的穿透使自傳性立基於超越品格的層次，以保證書寫活動是一種創造而不是復現，保證其產物是虛構的小說(Fiction)。

感受與覺悟：早期小說

一九八〇年，王文興把早期創作重新結集出版，取名《十五篇小說》（洪範書店），是兩本舊作《玩具手槍》和《龍天樓》的合訂本，寫作時間從大學時代到留學美國愛荷華大學小說創作班的末期，即六十年代上半期。自此之後，王文興創作的重心轉向長篇小說，發表了震動文壇的《家變》和《背海的人》。

在十五篇小說中，有十一篇可以歸為成長主題的範疇，其中三篇同時兼具其他方面的表現功能。僅僅從數字的對比中也可以看出王文興關注的中心。這種關注毫無疑問是內視性的，作為對摹寫、再現理論的反叛，現代主義作家調轉探觸方向，內視性就成為他們最基本的文學表述特徵。青年王文興在現時和回溯性的經驗中，被成長的感受和覺悟誘惑住了。

〈玩具手槍〉是具有代表性的一篇，主人公胡昭生是個大學生，具有為現代主義作家所偏愛的外形與氣質：身材瘦弱矮小，神情陰鬱茫然，不合群，敏感而懦弱，不停地咀嚼內心的傷痛。他去參加中學同學的生日宴會，卻像掉進了一個險惡的夢境裡面，在裝了鞭炮的玩具手槍威逼之下承認自己屈辱的羅曼史。當他拿著手槍報復對方時卻又遭受出乎意料的心靈重創。胡昭生幾乎毫無準備就處於和群體對立的窘境，「為甚麼我不受歡迎？鍾學源戲弄我，他們就附和，我戲弄他，他們就反對，是甚麼道理？」「一個人就一個！上帝！你就看我一個人來對付他們全體吧！我向他們全體挑戰！」在緊張的敵意關係裡，有一種極深的「仇恨」洶湧氾濫：

他們一個個都張大了眼睛，發亮，興奮，咧著口，露著白森森的牙，盯住他看，好像一群餓狼，準備把他撕成片片，吞下肚子。胡昭生感到一陣寒心，同時感到一股仇恨，一股衝著他們全體發出的仇恨。

「仇恨」是雙方的，胡昭生「仇恨」群體，群體也「仇恨」這個游離者。擊敗胡昭生的，不是嬉鬧（玩具），而是這表面之下的「仇恨」（手槍）。「仇恨」這一古老的心理和情感甚至成為整個環境的隱含意義，個人被嚴嚴實實地圍困當中，無從逃避。小說以美國詩人羅伯特・弗羅斯特的詩〈火與冰〉最後半句“...for destruction ice/Is also great/And would suffice" 作題記，如果把這句話補完整，前面應加 "I think I know enough of hate/To say that..."，那麼「仇恨」(hate) 的寓意就很明顯。〈火與冰〉很短，全詩如下：「有人說世界將毀於火，/有人說是冰。/我嘗過欲望/贊同相信火的人。/但是如果世界要毀滅兩次，/我想我知道太多的仇恨/可稱毀滅性的冰/也同樣強大/並且足夠。」「仇恨」同「欲望」一樣是一種可怕的毀滅世界的力量，胡昭生最強烈的青春感受居然就是前者。弗羅斯特把「仇恨」用「冰」的意象來比喻，二者的關聯在小說中被更加緊密地表述出來，貫注於對黑暗環境的描繪，超越了直接的比喻修辭，如開頭和結尾分別寫道：

> 六點鐘時，無邊無際的黑暗，像潮湧一般，鯨吞了整座臺北市。天氣冰冷，一觸到肌膚，就跟鋼鐵一樣，冷得似乎具有一種刻骨的、腐蝕性的破壞力——也就像化學實驗室裡用的強酸溶液。
>
> 這時外面的氣溫只有五六度那麼低，寂靜得像荒城，天空沒有月亮，也沒有星。
>
> 馬如霖為他開了門，望著他投進廣大如海的黑暗裡，黑暗只一口，就把他吞掉。

與「仇恨」感受相類，〈黑衣〉表現了一個天使般的五歲女孩對於「邪惡」的畏懼、厭惡和對抗。根據成年角色的敘述，黑衣人曾某是文化界名流，才學徒有其名，驚人的是他的登龍手腕。在宴席上，小女孩秋秋與黑衣人同桌，她「陌生地望著」這個人，「眼睛內露出畏懼的神色」，悄聲告訴吳太太說她不喜歡那人的一身黑衣服。黑衣人千方百計逗她，用東西收買她，她氣憤地和他吵嘴，趕他走開。在各種場合都春風得意的黑衣人當眾受挫於一個小小女孩，咽不下這口氣，趁別人不注意的間隙做鬼臉威嚇女孩：「他忽將眼珠暴起，鼻孔噏大，嘴唇咧開，做出一個猙獰恐怖的怪臉。」「眼眶的四周復留下兩環眼鏡打的白圈，且他又將舌頭拉出三寸多長。」女孩嚇得大哭不止。女孩的感受是純淨心靈的本能反應，而黑衣人作為「邪惡」的隱喻在敘述中被尖銳地揭示出來：

那是我所見過的最醜惡的一張臉，我實沒想到人類的面孔可以扭曲到那般可怖的地步。而我也沒有想到從醜惡又可以那樣敏捷，那樣全盤變更地又還回笑容可掬的地步，正像那黑衣人這時滿面笑容的狀態。

在成長過程中，戀情和性意識的覺醒與騷動是重要的階段。一個小男孩也許並不清楚自己對獨居女人的特殊親近和目睹裸體時含混感受背後的心理和生理作用（〈母親〉），處在青春期之初的少年卻必須經受生理變化引起的心理驚懼和迷亂，這種心理緊張超過常態時表現為一場驚心動魄的自我搏鬥，一方面耽溺於性幻想，另一方面又要全力抵制這種誘惑，小小的心幾乎要被這兩種各不相讓的力量撕裂（〈寒流〉）。當他已經變為一個孤獨的青年，仔細靜觀角落裡一對情侶親暱的一舉一動時，除了心中泛起的痛楚，身上也會湧動如大地般深厚、自然的欲望之潮（〈大地之歌〉）。

到〈踐約〉裡，主人公林邵泉已經是個二十三歲的大學畢業生了。大學四年，他嚴守道德戒律，做生活的「隱士」；另一方面，女性美使他的意識著迷，「這位臺北街上最為忙碌的青年，十分技巧地飽啖著無盡的秀色。」所以他還是一個「紈袴」，然而也僅止於此而已。他跟他的同伴訂下一個契約，換過名字，集體行動，三天之後他回到家裡時，一千塊錢花光了，裝衛生套的盒子也空了。在人生的新步驟裡，經驗的純粹性失落了，這不僅僅是一次禁果初嘗，而且包容了時代特有的文化涵義，使經驗含混、複雜起來。「『時代已經不同了』，……大概凡是人都會這麼說」，這是一個中學女生（比如林洵）讀

Lolita，跳 jiterbug 的時代，是剛剛長成的青年自稱「失落的一代」的時代（林邵泉的同伴們給他的赴約通知署名即是 Lost Generation），時代的迷茫和個人的迷茫攪混在一起，人在一種莫名的情緒和氛圍中成長。但是，一個執意要「追問」到底的人將不堪茫然、莫名、曖昧的境況，在〈最快樂的事〉裡，年輕人離開床上的女人，感到無限厭惡（but how loathsome and ugly it was!），如果確如別人所說這已經是最快樂的事情，那麼生命就沒有存在下去的必要，所以他自殺了。

而〈海濱聖母節〉❶裡，生命的結束卻是為了明明白白的意義，為了實現一個許諾，為了宗教情懷的願望，更為了生命本身壯麗輝煌的張揚，薩科洛扮作雄獅，激情狂舞，直至力盡氣絕。

由感受而體悟，從自發到自覺，生命本質上已經發生了變化，完成了瞬間的飛躍。在〈欠缺〉裡，少年暗戀一個有如花面貌的婦人許久，後來卻得知她是個詐騙犯。少年悲傷得不能自已，不純為婦人失望於他，更因為發現了生命中存在著欺騙和「欠缺」，而

❶ 我沒把此篇劃入成長主題的範疇，主要因為文學表現上的外視性，以及敘述者和敘述對象間較強的距離感。這裡提到它，可以作一種參照。

且準備以後面對更多「欠缺」的來臨。還有，當生命的有限性第一次被覺悟，心靈第一次碰上死亡，會有怎樣的反應呢？〈日曆〉寫一個無憂無慮的大孩子要預先算出未來的日子，受一種微妙、神祕快感的蠱惑，自己一年一年地畫日曆。畫到二〇一五年的時候，紙面都填滿了。這就是生命的終點嗎？他開始想從未想到的事，那一年他將七十二歲。「而，面前的這一張紙，僅僅是一張紙，便裝滿了他未來的，所有的，所剩的全部生命的日子。」猝然的覺悟使心靈難以承受，他突然嗚嗚地哭起來。碰上死亡，才發現生命最大的悖論，抗拒死亡成為最本能的反應，〈命運的迹線〉敘述了一種孩子式的抗拒方式。一個孩子給十三歲的高小明看手相，說他生命線短，只能活到三十歲。死亡一下子站到了伸手可及的地方，可他曾計劃一生要寫三十本書，慢慢磨練，在三十歲時才肯出版第一本——那時他已死掉。「這孩子的胸中湧起了一波反抗的——卻又注定失敗的——憤怒。」他用刀片拉長了生命線，一直拉到手腕關節的動脈處。而自覺的生命，正從對死亡的抗拒中，從鮮血湧出的時候開始。

在《十五篇小說》中，還有以下幾篇：〈草原底盛夏〉初刊於《現代文學》第八期時有一個題記：「懷念我遺失了一半的青年時代」，由此可以窺探這篇小說和成長經驗的隱匿的聯繫，但我更想從另外的角度讀它，所以詳細的論述留待下文；另外三篇是〈大風〉、〈兩婦人〉和〈龍天樓〉，筆觸探及社會下層的苦難、人生的命運和恩怨、以及從大陸來臺灣的上代人特殊的經歷和心理，這些一般來說都處在作者直接經驗範圍之外，由於它們並不能總是與作家內在精神互相滲透、交融，自然不能保證每一篇的藝術魅力。在我看來，〈龍天樓〉就算不上一個成功作品。

最初的背叛：《家變》

《家變》完成於一九七二年七月，九月《中外文學》第四期開始連載，第二年四月環宇出版社出版初版本。用一種貌似公允的說法，對《家變》的評價毀譽參半。實質上，由於小說採取了一種可謂極端的方式向當時正統的文化和文學觀念挑戰，囿於老套、狹隘專斷的責難從根本上就失去了理解的可能和批評的正當性，只不過淪落為抗拒歷史變遷和全新向度的無力注腳❷。如果說《家變》激怒了一直平穩占據支配地位的某些觀念、

❷ 例如名評論家尉天驄的〈個人主義文藝的考察——站在甚麼立場說甚麼話〉，原載《文季》第二期，收入趙知悌編，《現代文學的考察》，遠景出版社，一九七六年七月版。

思想、模式，讓它們氣急敗壞地跳起來，那麼這未嘗就不是《家變》的部分目的：哈哈，它們終於感到威脅和危機了。

《家變》在結構上採用兩種時態的活動交織敘述的方式：一是現時態的，父親不堪兒子的「虐待」離家出走後兒子的尋父過程；再是處於現時態層面之下的過去時態，兒子范曄自幼及今的成長經歷。邁向成年之前的感受與經驗，與王文興早期短篇中傳達出來的內容具有一定程度上的內在溝通性和重疊，比如一次看戲，范曄對女主角猝發戀情，等無意中看到女主角在真實生活中的粗鄙，強烈的愛又突然消失，這讓人自然想到〈欠缺〉。但是，早期作品零碎、單獨的意識被整合於范曄一個人身上，貫穿進一個較完整的發展脈絡中，產生出人格成長的內在邏輯和關聯，因整體性的關係而超越片斷性的意義，繁生出更大、更緊密的豐富性。

幼年的范曄對家庭和父母懷有深情，這種深情竟今使他在放學回家的路上突然想到家可能已經不在而心跳、緊張、飛跑，直到望見房子如舊時才舒一口氣。父親對他意味著安全的保證，他崇拜父親，曾以為父親的某些東西是他一生都難以企及的。他對死亡最初的意識不是對自身終將離世的恐懼，而首先是恐懼父母將來的死亡，他無法想像一旦沒有了父母，自己會如何存活，他一度以為懲罰自己能夠延長父母的壽命，不惜暗地進行自我折磨。但是，逐漸生長的自我意識使范曄朦朦朧朧產生出打敗父親的願望，他在學校裡學了摔跤，來家就要和父親比試，靠投機取巧摔倒了父親。這種「遊戲」背後的心理即是對父親形象的壓抑性的反抗。直至成年，在夢裡和父親搏鬥，要殺死父親，父子之間的緊張性綳到最大限度，隱蔽的內心願望已暴露無遺。對父母缺點的認識也伴隨著年齡的增大而加深，從開始無意中的發現到後來有意識的尋找，否定性力量也從自發的感受層面上升到有意識層面去展開。范曄長大了，做C大歷史系助教，家中的風景在他眼中發生了質的變化，比如父親的形象，「在這一段時間裡，他驀然發現他之父親原來是個奇矮的矮個子，並且他一生以來首一次查覺到他的父親原來是個拐了隻腳的殘廢。他驚訝於他自個兒竟然這麼的這麼久沒曾發現它。」對父親的態度也由此變得極端惡劣起來，竟至於在父親生日時怒聲怒氣，不准父親吃飽飯，以後還為一點小事禁閉父親三整天。

范曄為什麼要如此「虐待」父親？庸俗的實利主義的回答完全不具有參考價值和啟發意義❸，不必與它辯證。我們可以試著從父權的壓抑性角度考慮。但是，如果說范曄未成年時不得不承認父親的權威，父親過生日時被逼向父親鞠躬、祝壽，在這種權威下他感到一種強烈的羞辱，可是當他完成學業工作以後，父親在家庭中的權威早已喪失殆盡，沒有任何事實上的影響力。父權的壓抑性是不是也隨之消除了呢？從范曄的無意識層面來看，答案是否定的。范曄始終強烈地感到，不是他「虐待」父母，反而是父母「虐待」了他，但他的事實證據是缺乏足夠的說服力的。那麼范曄被「虐待」的感覺從何而來？是無意識的作用，儘管父親已經不具絲毫的實力，但父親的形象永遠是一種象徵，這種象徵的意義由幾千年來中國的一貫的家庭倫理觀念對之不斷強化而潛入無意識層次，父親的形象在下一代人眼中主要成為具有壓抑性功能的符號，只要父親的形象還存在，內在的壓抑性就存在。父與子難以首先成為朋友，主要原因即在於這種象徵和符號的主導性壓抑功能；當范曄偶爾避開這種無意識作用，把父親當做一個「人」來看待時，心中立即充滿了真誠的愛心與悔恨。中國的家庭倫理不僅規定了兒子的服從、孝心和被壓抑的境遇，對於父親也是一種非常嚴緊的捆綁，因為它把「父親」首先作為一個「人」

❸「一句話，因為做父親的吃了兒子一口飯。」見尉天驄，〈個人主義文藝的考察——站在甚麼立場說甚麼話〉。

的全部豐富性和所有可能的向度壓縮，把「父親」身分置於「人」的存在之前，使之成為一個狹義的象徵形象和功能性符號，「父親」成為一個功能性的「人」。幾千年的「父親」在此種可悲的束縛和限制中而不自覺，一代代嚴厲維護自己的功能性，這種被蒙蔽的歷史也未免太殘酷了一些。范曄由父子兩代的衝突進而激烈地批判家庭制度和孝道倫理，為之辯護的理由也正在此。因此，與范曄對立的，不是具體的作為「人」的父親，而是那個壓抑性符號，是中國人幾千年有關家庭倫理的無意識，包括他自己的無意識。如果「兒子」的叛逆精神能為一種重生的文化認可，那麼這種叛逆所帶來的結果，將不僅是解放「兒子」被壓抑的處境，而且將解放「父親」的功能性束縛，同時還給「兒子」和「父親」作為「人」的全部可能。范曄最後也沒能尋回父親來，也許這樣的結局帶有一種理想性的期盼：「父親」從家裡出走了，但願能找回個「人」來。

換一種思路分析范曄對父母的憎恨，竟發現這之中暗隱著與自憎的意識傾向之間的聯繫。他厭惡鏡中難看的臉，接著發現了臉上遺傳的標誌；別人還說他像他父親，他猛然醒悟自己從父親那裡學來了各種各樣的壞習性，這種無意中的影響實在太大，比如他恨透了父親一吵架就裝頭昏的把戲，可他對待這種把戲的方式竟是自己裝心口痛。無法逃避的遺傳和防不勝防的後天影響保證了繼承性，范曄憎厭這種繼承，以至於發誓不結婚，即使結婚也不生子。如果說他更關心自己，那麼他更憎惡的就是自己，憎惡父母也是憎惡自己的方式吧。

在范曄我行我素的家庭行為中，我似乎感覺到他性格中的另一方面：對外界的恐懼。既然他如此不堪忍受這個家庭，為什麼不離家另居，反而是父親出走呢？當然這個問題近乎無理，因為沒有按照作品內部的邏輯來提問，但是此番提醒也許有助於對范曄更深入的理解。范曄未成年時和父親的良好關係及對家的感情，最主要的是建立在父親與家提供了安全感的基礎上而不是其他，反過來說，即在童年經驗中，恐懼已經占據了非常重要的地位。一次母親只出去一會兒，留他一個人在家讀書，他忽然擔心會有人從門窗侵入，立即堵門關窗之後，並未消除神經緊張，還戰戰兢兢地擔心說不定有人已經進來了，正藏在哪個角落裡窺視他。一走進外界，他馬上就會意識到從小因身量細小、皮膚潔白引起的強烈自卑，這樣的自卑和對外界的過度恐懼在許多現代主義經典作品中都能找到精神上的伙伴。王文興本人的〈玩具手槍〉等作品也有所表現。

但無論如何，人不可能只在家裡呆著，只在家裡扮演角色。走進更廣闊的社會中會怎樣呢？

全面的抗拒：《背海的人》

「背海的人」在社會上摔打滾爬過，又從社會的中心逃向邊緣，從臺北竄到一個不適合於人居住的角落，叫做「深坑澳」的小島。

《背海的人》創作時間從一九七四年一月至一九七九年十月，洪範書店一九八一年四月初版。整部小說由一個人一九六二年一月十二日晚上到十三日天亮這一夜裡的意識活動構成，敘述者與主人公合一，自說自話，單獨的視點貫徹始終。

這個自稱單星子的傢伙賭博成性、撞騙斂財、偷偷摸摸，幾乎完全站到了社會肯定的價值和行為的對立面，在臺北，找他的不僅有警察和法庭，黑道上的也要和他算帳，窮途末路，只好逃到三面環山、一面臨海的深坑澳，在沒有歷史背景，「猶處於史前石器時代」，到處垃圾、永遠灰幽幽的環境裡租一個洗澡間居住，最大的好處是安全保證：這地方連個警察也沒有。看他的身體，似乎也有意與「健康」的標準彆扭：形貌醜陋，獨眼（所以叫「單星子」），患有年深痔瘡、極厲害的氣喘和胃出血。在深坑澳，他無正當職業，以看相算命為生。單星子實質代表了現代社會這樣一類人的基本處境：被社會的中心和中心意識放逐了，你所能占據的只是無人稀罕的一角、一邊，這裡一切好的東西都被運往中心（深坑澳連漂亮的女人都送到了臺北），即使健康、職業等等，只要別人也想要，就沒有你的份，像大陸一篇小說的標題表示出的那種夾雜著嘲弄的憤慨：「剩下的都屬於你」。

所謂處境就是個人與社會之間的關係，要為處境負責的也必然就是社會和個人兩者。但是，在《背海的人》裡所突出的，毋寧說是個人對社會的全面抗拒，他的放逐更是一種自我放逐。他並非不可能獲得優越的社會地位，比如他曾是一個頗有些名氣的詩人，但是他帶有惡意地拋棄了世俗成功的可能性。小說一開始，他就以無比的憤怒、以粗鄙不堪的方式褻瀆、詛咒所有的一切：

> oh，操這一些個山，這灰海，操這個天，這噠啦噠啦的沒有了日的雨，這個烏碌碌的黑夜，這個地方的一切，這個地球的一切，所有所有的人類，社會，文化，體制，經濟結構，錢，對的操它了個這錢，還有所有那些有錢的人，還有所有從

前的人，所有未來的人，操那些我的祖先們，操我的以後的子子孫孫，oh，操我！

這種無可再尖利的聲音喊出了徹底、強力的抗議，它最後的依據是個人的內在生活，這部長篇的核心也在於此。能夠從一己的內心產生出深刻否定性的人必是心靈無法保持安逸狀態、注重省思的人，這樣的人即使在最艱苦的生活處境中也要求精神的食糧。單星子總是隨身攜帶幾本他視為至寶的書：陀斯妥也夫斯基的《地下室手記》、尼采的《哲臘圖斯特臘如是說》、紀德的《地糧》、以及托爾斯泰的《復活》。從這些作家和這幾本名著中，也大致可以推測單星子內心圖景的特質，現代精神的內涵基本上都可以在這些作家作品中找到原創性的激情和形式。單星子本人，就頗讓人聯想到陀斯妥也夫斯基筆下的「地下室人」：「我是一個有病的人……我是一個心懷惡意的人。我是一個不漂亮的人。我相信我的肝臟有病……我拒絕請教醫生是出於惡意。這，或許是你不懂的。好，就讓你不懂。」❹

❹ 引自W・考夫曼編著，《存在主義：從陀斯妥也夫斯基到沙特》中譯本，商務印書館，一九八七年版。

依據內心性而抗拒一切，抗拒一切之後也唯有內心可居，人成為居住於內心的人而不是正相反。「爺這個人就是有這麼一個怪癖性——非得要有『孤獨』這一著兒東西來的個的不可。……爺誠誠確確是每一天均都必需要到這麼一個房間裡來——（像一個害到病的病人一樣的）——去將自個兒交給黑暗和靜寧去做治療。是的，孤獨，閉禁，牢房，放逐，其實都是一模一樣的一篙子的事情，——而爺就極其喜歡被放逐！放逐是反而得使爺感到自由無牽，一身暢快不絀。放逐在過去的時候是迫害的代名詞，在現代廿世紀則殊屬可能變成自由的代名詞的了。」從內心觀念出發，捨棄一己的靈魂自由去要求「言論自由」之類，庶幾等於捨靈魂求言論，誤前為後，本末倒置；而所謂的「言論自由」，在單星子看來，是比連花錢買來的享樂自由都不如的「空談」。正因為放逐與自由連到了一塊，包括朝整個世界吐舌頭、做鬼臉、泄惡意的自由，重新建立起被社會結構抹平了的否定性向度，所以陰暗的角落，不管它是深坑澳，還是地下室，都有特別的意義，不能與中心世界的大眾居所置換：「那麼，地下室萬歲！雖然我極為嫉妒正常人，我卻無意取代他現在的位置（雖然我還是不止地嫉妒他）。不，不，無論如何地下室生活還是更為有益的。」[5]

在這樣一種現代意識中，個人本身並沒有因為抗拒行為而成為英雄，恰恰相反，自身也被毫不留情地推進審省的視域，進而引發出同樣的憎厭之情。單星子罵到最後是「操我」，看著鏡中自己的嘴臉忍不住要朝它吐唾沫。自我的分裂和內在矛盾非常深，一方面激烈地批判盲信不僅愚昧，而且把自己的命運交給神和算命先生，不自強振作，對人對己都極不道德，但是另一方面自己卻要別人花錢來買他的信口開河，儘管心裡一直就很清楚自己的所作所為「比狗屎都不如」。尼采讀到《地下室手記》後曾寫信給朋友，稱「它是知汝自己的一種嘲弄」。這正是角落裡的社會異己分子的思想和行為的一種基本方式。不僅從單星子的意識裡屢屢可見自我否定的思想，而且在小說最後的部分，幾次嫖妓經驗的細緻敘述，活脫就是自我作踐的畫像。自我嘲弄、自我作踐、自我憎厭，是伴隨著對自我和周遭一切的深刻洞察發生的，當社會價值的拒絕者對個體自身如是對待之時，一方面他借此更增加了嘲弄、作踐、憎厭外在一切的勇氣和尖銳性，另一方面，被他看透了的那個社會、那種文化，在這個自嘲者的對面，即使他不吭一聲，還能夠從容自如地端著架子維持那層虛飾嗎？這時，自我嘲弄就變成嘲弄其他的絕佳方式。嘲弄，正是

---

❺ 引自W．考夫曼編著，《存在主義：從陀斯妥也夫斯基到沙特》中譯本。

揭下華麗的虛飾，不管自己身上，還是別人身上的，以及整個生活之上的偽裝，暴露出最大的真實性，哪怕這種真實對誰都是殘酷的。由於嘲弄與憎惡把自我和自我所抗拒的對象混到了一起，對於情感、價值的判斷就變得異常糾結和複雜起來。

但是對於自我必有肯定性的成分，否則他就將不存在或者沒有存在下去的理由了。單星子所以不再寫詩是因為他很清楚自己寫不出第一好詩，同時他羞於跟那批冒牌詩人為伍，因此就「自動停止生產」，還避免了因創作失敗產生的藝術痛苦。在單星子眼裡，至少詩還是神聖的東西，不是什麼人都可以隨便塗抹的，他通過對詩的肯定，肯定了自我的清醒、孤高和真誠。

在《背海的人》裡，對自我最重要的肯定以否定形式存在，即個體作為抗拒者的存在，正是抗拒，賦予自我意義和價值。做一個「背海的人」，是個體生命的惡劣、孤獨、沉重的存在情狀，同時也是存在下去的理由。

但是抗拒行為只對抗拒者本身具有重大意義，因為人必須保持心靈和思想的自由的批判性向度，但對於抗拒的對象，可能根本就沒有影響，臺北的街頭照樣熙熙攘攘，不入流的詩人正在大出風頭，歷史和社會的洪流捲裹著擁向主導文化中心的大眾洶湧向不知何處的前方，什麼也無法阻擋。而單星子，只是在深坑澳白白耗費了一個不眠之夜，進行那繁複、雜亂、冗長的意識活動，誰會在意呢？絮絮叨叨，說給自己聽而已。本來，如沙特說（從特定的存在主義哲學語境中借過來），人只不過是一種無用的激情。

探索的血淚：藝術家畫像

在上文的論述裡，王文興所創造的人物的精神履歷已經清楚地顯示出來：個體生命從蒙昧狀態到不期然地獲得各種人生感受和啟悟，成長者的自我意識經歷從覺醒到確立的過程；叛逆的情緒和觀念也隨之生長，最初也是最直近的反叛就在家庭中發生，進而走向對整個社會中心價值的全盤拒絕。一開始我就指出作品與作者在精神上的投射，這樣一條具有內在邏輯的現代精神發展歷程就是一個明證，可以設想沒有這種精神投射的創作活動嗎？創造的人物也隨著王文興二十餘年的寫作活動在年齡上不斷增長，對人生和自我的認識也愈來愈深；退一步想，假定作者並沒有同質的精神經驗（這幾乎是不可想像的），那他在創造這樣一種精神經驗的時候也經驗到了它，創造與經驗的不可分是誰也否定不了的，而作為一個持續的動作過程的經驗正是攫住現代精神的唯一方式。

這樣的現代精神每往前走一步，痛苦便深一分。在精神性的日益深入的痛苦之同時，作家還承受著另外一種痛苦：藝術探索和創造的痛苦。對於獻身於創作的作家來說，創作活動本身就成為一種堅定的信仰和神聖的宗教，真正的理想寫作每時每刻都是一種原創性的生產，而對於寫作者，卻是與生命同樣漫長的艱難消耗：是生命的血與淚凝聚成「堅硬的」作品。自有創作之始，到今天的後現代主義文學，在所有類型的寫作中，現代主義作家所承受的藝術與精神的雙重痛苦是無可比擬的，不僅因為他們是無比虔誠的精神和藝術的聖徒，而且，更重要的，他們是在精神和藝術都走到絕境時才開始尋找起點的，而起點也只能自己造出來。

王文興專心寫作，作品的數量比較起來卻並不多，但是，給人的感覺，好像他寫的每一頁，都是從自己生命中撕下來的。在《十五篇小說》的序裡，王文興特意提到兩處修改：「這兩處都是我十多年來一直縈繞於懷，想要把它改過來的。」一處是《黑衣》中，秋秋說她怕黑衣服，「怕」改成「不喜歡」，並從整個文本的發展邏輯說明修改的理由，而當初用「怕」是因為更注重了它的內在涵義和隱喻靈魂對「邪惡」的基本畏懼。另一處是《龍天樓》最後一句，加進一個字，改了一個字。「一旦修改過困擾了我十多年的問題，就像治好了十多年的痼疾一樣，頓然輕鬆許多。」這種體會，曾被細緻地寫進《背海的人》中：不定什麼時候，會想到幾年前寫的一首詩裡的一個句子或零星的字，「突然地感覺到了的它的缺點了起來的所挑引了起來的浩大浩大之又浩複且又浩大之大其不滿意」，「只覺到的的的有一陣燙火火燙火火的熱潮洶湧地上了面顏，然後覺著的背脊部的地方有一陣子的發嗖冷」，接著便是失魂落魄，吃睡難成，竟至於產生自殺的感覺。

這種「苦吟」的意義，不能僅從煉字造句的角度考察，王文興實際上是從最大的語境出發一直嚴格審視到最小的單元，字詞乃至標點。張漢良教授曾充分肯定《家變》文字的成功應用：「第一、作者更新了語言，恢復了已死的文字，使它產生新生命，進而充分發揮文字的力量；第二、他把中國象形文字的特性發揚光大；第三、為了求語言的精確性（主要是聽覺上的），他創造了許多字詞。」❻到《背海的人》，王文興對字、詞、句的實驗更加傾心盡力，特別是句法方面的超越常軌的執拗非常彰顯，要找到完全循規蹈矩的通順句子很不容易。也難怪這種詹姆斯·喬伊斯《尤利西斯》式的文本嚇退了許多讀者。

❻〈淺談「家變」的文字〉，載環宇版《家變》正文之前。

在《十五篇小說》序裡，王文興還檢討了自己「迎合大眾趣味」的軟弱：「我重讀舊作的另一個感歎是，我有幾分欽佩我當時的文學勇氣，我現在感覺頗為慚愧，我今天的『文學良心』大不如前，不及從前正直。〈母親〉，〈草原底盛夏〉——尤其〈草原底盛夏〉——是可以使我掛幾許微笑的篇作，管別人怎麼想，愛怎麼寫怎麼寫。凡故事，人物，心理，全部去牠的。我如今後悔自這兩篇以後，志節不堅，常顧慮到別人懂不懂，同不同意。我多多少少出賣了自己。」不論這個檢討，且先看看作家本人滿意的〈草原底盛夏〉。

〈草原底盛夏〉篇幅不長，卻具有無比恢宏的意識，它超越人間的恩恩怨怨，在宇宙的大結構中安置敘述者的眼睛，敘述隱含驚人氣勢卻又纖毫畢察。在我看來，小說通過描寫草原盛夏的一個白天，揭示了一種無所不在的關係及其每時每刻的轉換變化。一支隊伍進行軍事訓練，軍官與士兵的對立一開始就存在，到對立強化，到內心意識表面化為具體事實的衝突，但是對立的更底下還有軍官對士兵的喜愛，而一直懷著仇恨的那個士兵，最後怒火自己就變成「一縷裊裊的餘煙」。人之間的差異不僅有官兵之別，且有體力強弱、對抗意識強弱之分，所以隊列外有昏迷躺倒的，有驕傲地被罰站的。生命與無生命之間並非存在一個不可逾越的鴻溝，當隊列筆直站立，簡直就令人懷疑那是一根根石柱，可是開始運動的瞬間就有生命貫注。但是〈草原底盛夏〉本意並不在於此，一種更大的關係取代這些對立與差別，在人與自然的基本關係中，人的概念被抹平了，只作為一個無差異的類存在。小說展示的人與自然的關係因為始終變動不居，很難確定地把握：隊伍出現於草原上，靜寂被槍聲打碎，人受烈日烤曬，繼而是暴雨擊打，這是人與自然的對立，但這種對立隨著時間而改變，直至消失，夜晚的草原像「柔軟的臥床」也像「溫暖的婦人」；人存在於自然中，但人並不與自然同在，早晨草原上出現一群螞蟻似的人，傍晚這群人又從草原消失，草原象徵了自然無始無終的亙古存在，而人的出現只能在一定的時間段之內。比起人類來，自然是「更高的，強而有力的存在」，人類對它的認識「並不比原人為多」，對它的敬意、恐懼、膜拜卻相同不減。人只不過是草原白天風景的一角，到夜晚，人白天的一切所作所為，「都未曾留下絲毫的痕跡」。而大地永存，「你那胸懷無所不納，無物不容，不論是美是醜；你以你遠古的智慧（保持著久永底年輕），愛著，雖則又不十分地關心——然而我們絕不懷疑你的愛——撫育著我們渺小如蟻的人類，眺望那有若無盡的夜空的未來。」〈草原底盛夏〉在空間範圍上只是一個未見多大的草原，時間長度也只是從晨到晚，但是這個時空架構卻可以無限擴大和延伸，擴大為整個宇宙，延伸及人類歷史最初至人類滅亡之後。而作家，正是在對這一切的感悟中沉思的人。

儘管王文興檢討自己向大眾讓步的「軟弱」能夠在稍許的程度上得到印證，但因為此種檢討以一個絕對的標準為量尺，這種作法反倒更能證明作家的文學勇氣和文學良心，正是靠著這種自足的勇氣和良心，而不是借助在作家和作品之外一般的認同，不是靠媚眾合俗，個體性的實驗才能堅持不懈地延續至今，以及將來。

從焦慮開始

——歐陽子小說簡論

六十年代崛起的臺灣大學外文系《現代文學》同仁中，王文興、歐陽子等苦心試驗的文學精神和品性無疑比我們熟知的白先勇小說更具現代色彩。也許正是因為這一點，對於前者的實際引介和智性、情感上的內在認同幾乎無從談起，因為這一切從未真正發生過。

歐陽子作品並不多，《秋葉》集（一九七一年晨鐘版，一九八〇年爾雅修正版，後者還增加了一篇〈木美人〉）收編了她幾乎全部的小說，寫作時間貫穿整個六十年代，正好在她二十歲到三十歲之間。對人的內心探索是歐陽子小說的關注焦點，但是把這稱作「心理寫實」則不夠恰當，「寫實」或「實寫」都經不起作品驗證，且「心理之實」這個預設的含混前提能否服人都是個問題；毋寧說，一種心理觀念占據了歐陽子主觀情智的中心，她把這種觀念施之於作品，以此開始心理的演繹和詮釋，所以白先勇在序中說，「她的小說人物並不是血肉之軀，而是幾束心力 (Phychicforce) 的合成。」由於觀念力量的優越地位和限定性，作品作為觀念的形成就帶有易識辨的模式：歐陽子設定了幾種人生狀態，人物從狀態中穿過，完成心理變化的經驗。

小說人物一出場，就帶定了一種狀態，通常歐陽子同時賦予人物對目下自身狀態的反省以及由此而生的焦慮。焦慮本能地要求消除和釋放，因而也就導致了破壞已有狀態預期新的狀態的謀劃。在每個人都是孤立個體的歐陽子小說世界裡，這種謀劃就表現為自我拯救的企圖。如汪淇，為了擺脫他人眼光的固定評價，擺脫因此而造成的自我壓抑，下意識地跌落懸崖，摔斷一條腿，這個象徵性的自殺行為結束了引起焦慮的身分，開啟了另一種可能（〈半個微笑〉）；如石治川（〈花瓶〉）、宏明（〈浪子〉），極愛妻子，在夫妻關係中卻又處於極端自卑的地位，為改變此種境遇，他們終於各自抓住了擊敗妻子的良機；如理惠，她的焦慮是自幼形成的在表姐素珍強力影響下個體和自主意識消失的恐懼，為了證明自我，她就要在各方面勝過表姐，呂士平離開表姐轉而愛她正滿足了這樣的心理，讓她快樂無比（〈素珍表姐〉）。

由焦慮緩解而產生的自我拯救實質是切斷了人生狀態的連續性，它本該導向心理欲望指示的期盼情狀，它本該意味著自由，意味著喜悅，因為舊我死去，新我活來，重生的意義正在於此。但是，就是在這裡，歐陽子顯示了她不同凡俗的智性能力：她讓活來的再死去，而且那樣絕決，那樣毫不遲疑。當理惠因奪來了表姐的朋友剛開始沾沾自喜時，就得知原來是表姐先不要了呂士平，她馬上就對呂降下了興趣，所謂自我證明成了一場一廂情願的虛幻把戲；汪淇可以不再做循規蹈矩的「好女孩」了，可是那種「輕狂可恥」就是「日夜渴盼解放的自己嗎？」從習性的枷鎖中掙脫出來卻不過把自己套進另一種習性的枷鎖罷了，宏明向妻子的一擊非但沒能改善二人的關係，且毀滅愛妻的同時毀滅了自己；石治川拿著妻子的把柄想征服她，以消除自卑，卻反而使自身更加不堪，妻子就像他的寶貝花瓶，摔也不碎——

大約有好幾分鐘光景，石治川面露狐疑，目不轉睛地注視這個神妙光亮的花瓶，好像他不能相信自己的眼睛。而花瓶卻傲然坐著，對他招展微笑。於是他屈腿，跪下，開始朝著它爬行，一寸一寸，提心吊膽，好像稍一不慎，它就又會逃出他掌握似的。但他只爬了幾步，還未能夠著花瓶，便突然全身軟癱，精疲力竭，再也動彈不得。於是他匍匐地上，像個無助的小孩，哇哇地放聲哭了起來。

如此看來，自我拯救其實只是個人的心理幻象，當它破滅的時候，就暴露出帶著滑稽色彩的漫畫般的徹底絕望，因為期待重生的喜悅和自我舒展而陷入這種境地，愈發加重了其寒人心骨的程度。

歐陽子寫「畸戀」心理的小說曾引起各種各樣的反應，在這類變態情感的詮釋中，不難看出西方精神分析理論的影響，但是，容易遭人忽略的是，弗洛伊德等的理論並不等於我們一開始就提出的歐陽子的心理觀念，這之間的極大差別在於歐陽子突出強調了「畸戀」的驅動力：焦慮情緒下自我拯救的企圖。〈近黃昏時〉子戀母和〈覺醒〉裡母戀子以及〈最後一節課〉師生同性之戀，都是出於這樣的心理動力。李浩然對楊健的隱祕心理，本質是一種自戀：楊健就是年輕時的李浩然，李浩然不過是想借一種不可控制的感情來抓回已經失落了的自我，讓這樣一種象徵形式來滿足虛幻的心理衝動（〈最後一節課〉）。〈覺醒〉（一九六二年初刊《現代文學》十二期時，題為〈蛻變〉，曾改題〈那長頭髮的女孩〉，一九七〇年易題〈覺醒〉）裡，敦治的丈夫鴻年曾背叛過她無私的愛，又早逝，她只能把愛全部轉向獨子敏申，因為只有敏申才需要她，她只有在敏申身上才能驗證自我，維持生存的目的。當敏申戀愛，不再只需要她時，她的自我證明就受到威脅，所以她極力阻撓。但是，難以預料的是，接下來的情節發展不是以敏申棄母奔向戀人來證明拯救的徒勞無效，而是那個女孩根本不愛敏申，對敦治的震動讓她驚覺拯救方式的虛妄：原來敏申不過是極平凡的男孩，世界上從未有人企圖把他從她手裡搶走，「她有一種受人愚弄的感覺。敏申從未使她這般失望過。」她當然還愛兒子，然而「有什麼東西已從她心中失去，永遠回不來了。她不能確切地說出那是什麼，只感覺內心一隅是一片空白和虛無」。

從〈覺醒〉和〈最後一節課〉裡，或許可以找到解答一個可能早就在意識中出現的問題的線索。為什麼歐陽子的人物自我拯救的努力只能是虛妄，只能導致一次更嚴重的心理打擊？像敦治證明自己要靠兒子對她的需要和依賴，像李浩然抓住過去要靠對楊健的密戀，原來美其名曰的自我拯救是個假相：拯救自我當然為真，但孤獨的個體的行為並不能確保這種行為全部的「自我」意義，那些人物一個個全都意欲憑藉他力、依靠他人來完成個體的謀劃策略，表面上完全是個體性的策略，在謀劃和實施過程中卻主要由非自我的成分支撐著。又像石治川，像宏明，改善討厭的自身狀況實質並不是自己改變什麼，而是要靠打擊妻子產生雙方關係的相對變化。更赤裸裸的例子是〈近黃昏時〉裡的吉威，為了緩解戀母的焦灼，千方百計慫恿自己的朋友余彬和母親通奸，在他的想像中，「余彬是我我是余彬我們是一體。」當余彬厭倦了，要離開吉威的母親時，吉威竟對余彬動了刀子。〈半個微笑〉裡的汪淇，並未真的解除壓抑，變化後的她仍然不是真的自我，她仍顧忌他人的評判，只不過評判的方向似乎相反罷了。通過一個個實例，歐陽子就這樣否定了依靠外力拯救自我的有效性。

問題還可以繼續追問下去：為什麼不自己拯救自己，自己證明自己？這樣問的時候，恐怕已經陷入了循環論的危險區域，在實際的形而下層次上，這又恐怕是個揪住自己的頭髮離開地球一類的問題。〈網〉就極不情願地堵死了這樣追問下去的出路：余文瑾和唐培之在各個方面都過度相像，就像一個人，因而他們交往無法互相印證對方——一個人怎麼能互相印證？——而且，造成彼此的痛苦，因此余文瑾嫁給了丁士忠，丁士忠和她不一樣，所以才可能是她的另一面。〈網〉和歐陽子的大多數小說一樣，顯性層面上處理的是愛情問題，愛情的產生與促動即源於雙方的互證，沒有互相證明可能就不會有愛的能力。最近臺灣有篇小說〈蝸牛〉（今靈），就寫一個女性失去愛和被愛的能力，如自體受精的蝸牛。事實上，對於歐陽子來說，愛情只是借以觀測人性心理的依託形式；從小說人物的角度來說，這也只是他們拯救自我的憑藉。既然亞當和夏娃各自只是完滿人性的一半，真正的愛情就不可能從自身產生又完全落回自身，不可能是無關聯的純個體構成，那麼憑藉了愛情拯救自我本身就不是自己拯救自己。

而且，愛情並不真的可以憑藉。在〈考驗〉（一九六四年初刊《現代文學》二十一期時，題為〈約會〉，一九七〇年易題〈考驗〉）裡，這種絕望被渲染到了極點。留學美國的美蓮和保羅戀愛，並把自己與保羅的關係視為「不同的文化，可由相互的了解而聯姻溝通」的象徵和證明，「然而這全是幻覺」，「就好像他們各站在鴻溝一邊，兩人手臂都伸向對方，只可惜距離過遠，接觸不到」。他們拚命想愛對方，可是「沒用，一點都沒用！」在〈秋葉〉裡，宜芬就想靠與敏生的感情喚起沉睡已久的生命意識，然而這種後母與繼子的愛又會有什麼結果呢？最終還是「一切復歸死寂」。不去說〈美蓉〉裡在情感幌子下的各種詭計與手腕，〈木美人〉裡那種情感的封鎖實在就是因為虛假愛情的傷害；而〈牆〉

裡的若蘭與姐夫之間的越軌的親情很快就讓她「感到厭惡無比」，姐夫永遠是她和姐姐之間的牆。即使「魔女」那無條件無保留的終生之愛，除了「永生的痛苦」又有什麼別的報償呢（〈魔女〉）？

回頭再從另外一個視點看自己拯救自己之不可能。自己是什麼？自我是一個有機的完整體嗎？歐陽子又做了決絕的否定。〈秋葉〉裡敏生就做過自我多面性的夫子自道，冷靜的理性與激情的欲望並沒能統一起來，而是嚴重分裂的，向不同的方向強烈地撕扯著人心；〈魔女〉裡的賢妻良母竟從未愛過丈夫和女兒，她一心只想著那個和她通奸二十多年的放蕩情人。歐陽子筆下的人物，即使自我對本身的理解與把握都常常顯得力不從心，那又如何奢談自救呢？

歐陽子的殘酷就這樣不動聲色地顯示出來：從個體的焦慮開始，她把各種各樣不堪的心理狀態讓你看個清楚，然後，她煞有介事地讓人行動起來，克服和緩解焦慮，拯救和證明自我。當你相信了那些人物，那些人物也相信了他們自己及其就會出現的美好未來，歐陽子馬上就當頭棒喝，將所有的幻覺都一一擊碎。她積極慫恿她的人物衝出內心的黑暗，可是她又把所有的出路都一一堵死——莫非這也是一種可怕的人性真實？

靈視之域

——羅門的詩和詩論

靈視之域：詩的幾個重要主題

著名評論家張漢良教授肯定地指出：「羅門是臺灣少數具有靈視的詩人之一。」一九五四年，羅門第一首詩〈加力布露斯〉被紀弦以紅字刊於《現代詩》季刊，從那時至今的三十餘年，羅門的創作一直豐盛不衰，享有「重量級詩人」的稱譽。呈現於大量詩作中的內涵世界及其技巧的多向性（NDB），很難用外在屬性的詞語簡潔地概括出來，而「靈視」則精當準確地揭示出貫穿於羅門詩中的內在性感受、審思和批判向度與標尺，對此，羅門本人也有一個非常恰切的比喻：「（NDB—None Direction Beacon）是我在美國航空中心研習期間，看見的一種導航儀器，叫做『多向歸航臺（NDB）』，飛機可在看得見、看不見的情況下，從各種方向，準確地飛向機場。這情形，頗似詩人與藝術家以廣體的心靈與各種媒體，將世界從各種方向，導入存在的真位與核心，這便無形中形成我創作上『多向性』的詩觀。」❶

一九五四至一九五七年是羅門創作的第一個時期，其間的詩結集《曙光》，表現出青年人特有的濃厚抒情風格和奔放熱烈的浪漫色彩，也能感覺到一種近乎西式的典雅的語言特徵。但是浪漫的熱情很快就被知性品格代替，以後的《第九日的底流》（一九五八－一九六二）、《死亡之塔》（一九六二－一九六七）、《隱形的椅子》（一九六八－一九七三）、《曠野》（一九七五－一九七九）、《日月的行蹤》（一九七九－一九八三）等各個時期，不斷向精神的深層探索，詩化的哲思遍及廣闊的靈視之域。在這當中，靈視之光數度聚焦，照亮與彰顯出幾個重要的主題：都市、戰爭和死亡。

都市：空心文明及其救贖

❶〈我的詩觀〉，見《羅門詩選》，第九頁注，洪範書店，一九八四年版。

都市是現代人主要的生存空間，當人類對工業文明最初的狂熱平息下來之後，都市空間的限定性就在意識中凸顯出來，人對無際無涯的自由渴求越強烈，都市的限定性就被越強烈地感覺到，其極端的危險甚至指向了窒息與死亡，〈都市．方形的存在〉（一九八三）即是此種困境的典型表現：

天空溺死在方形的市井裡
山水枯死在方形的鋁窗外
眼睛該怎麼辦呢

眼睛從車裡、從屋裡的「方形的窗」「看出去」，又立即被「高樓一排排」、「公寓一排排」的「方形的窗」「看回來」。

都市與人的基本關係顛倒了人類最初的願望，都市成了現代人存在的規定性力量，不僅外向視野被嚴重吞噬，更重要的是內在精神的逃亡與淪喪。都市鼓勵現時態的文化消費和平面化的人生活動，淡化向歷史和未來延伸的時間意識，抹除否定的和超越的精神向度。都市是動作性的，它以快速連續的行動和動作來遏止思考，從而掩飾其空虛的內在危機，它不能停下來，一停下來空心的感覺就要冒出來。世俗人生在金錢和名片上賽跑，累得人喘不過氣來，哪裡有閒暇顧及其他。上帝和教堂被遺忘，最多不過是沒有實在意義的裝飾。羅門詩裡，「食」與「色」的現代形式成為都市景觀最顯著的文化表徵，前者被稱為「腔腸文化」；後者最普遍的表現是性的視覺暴力。餐桌和腔腸，被作為都市文明的象徵系統，現代技法的表現中包含著冷峻的批判，比如〈餐廳〉（一九七六）：

滿廳的頭／飄空成節日的氣球／眼睛圍著／看一幅一幅悅目的畫／直至把畫廊快擠破了／才發覺那是個腸胃
一刀下去若是一條閃亮的河／必有魚在／一叉上來若是魚／必有歲月游過來／如果雙筷是猛奔的腿／必有飢渴的嗥叫／在荒野上／要是田園已圓滿在盤裡／必有兩排牙在痛咬著／大地的乳房

〈都市・摩登女郎〉（一九八一）是一幅赤裸裸的關於性的視覺暴力的圖景，「都市這條主題歌」，就是靠性的魅力來唱的：

她走在街上
整座城市跟著她扭動
沒有不被扭開的

「所有的」「眼睛」、「服飾店」、「花店」、「套房」、「酒」、「支票」都為她開，「她只開開口」。與其說是這首詩戲謔得不免有些過頭，倒不如說是都市性景觀本身過於刺眼了。

對於都市文明的透視性批判最具力度和緊張性的，當推〈都市之死〉（一九六一），有人曾把它和 T. S. 艾略特的〈荒原〉相提並論。喪失了內心世界的人在都市裡能夠抓住的只是食色，「沉船日只有床與餐具是唯一的浮木」，他們陷在極端的絕望與無奈裡，「掙扎的手臂是一串呼叫的鑰匙/喊著門喊著打不開的死鎖」；他們想從空虛的深淵裡爬升出來，可是無物可援、無力能攀，死亡從背後緊緊拉住了他們：

> 都市／在你左右不定的擺動裡／所有的拉環都是斷的／所有的手都垂成風中的斷枝／有一種聲音總是在破玻璃的裂縫裡逃亡／人們慌忙用影子播種／在天花板上收回自己／去追春天／花季已過／去觀潮水／風浪俱息／生命是去年的雪／婦人鏡盒裡的落英／死亡站在老太陽的座車上／向響或不響的／默呼／向醒或不醒的／低喊／時鐘與輪齒啃著路旁的風景／碎絮便鋪軟了死神的走道／時針是仁慈且敏捷的絞架／刑期比打鼾的睡眠還寬容／張目的死等於是罩在玻璃裡的屍體／人們藏住自己／如藏住口袋裡的票根／再也長不出昨日的枝葉／響不起逝去的風聲／一棵樹便只好飄落到土地之外去

穿過花裡胡哨的文明外殼，都市只不過是：

> 一具雕花的棺／裝滿了走動的死亡

都市文明激起的批判熱情，極易導致一種反歷史主義的觀念，退回到田園主義的立場上去。但是羅門避開了這種反動，他的心不是懸於都市與田園兩端之間搖擺不定，而是試圖向立足的都市引進超越性的精神內涵，填補都市的空心。特別是在羅門的詩論裡，一再強調詩與詩人在精神匱乏的現代社會裡拯救性責任與使命。當然人類的拯救不可能找出像數學那樣明晰的具體答案和步驟，但是這並不成為放棄努力和關懷的理由，如果詩與詩人能夠保持一己的審省向度，堅守詩與詩人本身作為一種「冥思」狀態的存在，處於動作性的都市之中而獨立，且把獨立的「冥思」滲透進都市的精神結構中去，滲透進空心文明中的人的意識中並開始從超越的價值關心都市、他人和自己，那麼拯救的意義就顯示出來了：因為，誠如克爾凱戈爾說，「任何冥思都使人超逾當下現在，趨於玄遠，促使他去把握永恒的東西，由此，他才確實知道自己與世界有一種切實關係。……只有關懷的問題在人的心靈中萌生之後，內在之人才在這種關懷中顯明自己。」❷

戰爭：超越偉大的悲憫與茫然

❷ 劉小楓譯，〈克爾凱戈爾手記十則〉，載《文化：中國與世界》第四輯，北京三聯書店，一九八八年版。

戰爭是文學的基本主題之一，中國新文學史上對於戰爭主題的表現卻未必令人樂觀，要麼在對立的意識形態之間褒貶掩蓋了戰爭的實質，要麼從膚淺的人道主義出發流露出呻吟似的傷情，戰爭和執行戰爭的人性常常得不到充分的正視。羅門的戰爭詩，突破了以往戰爭文學的褊狹意識，具有當代文學史上的重大意義。

羅門戰爭主題代表作〈麥堅利堡〉（一九六一）的題記這樣寫：「超越偉大的／是人類對偉大已感到茫然」，這是羅門對於戰爭的基本詮釋。在〈人類存在的四大困境〉裡，此種認識表述得具體、清楚：「戰爭是人類生命與文化數千年來所面對的一個含有偉大悲劇性的主題。在戰爭中，人類往往必須以一隻手去握住『偉大』與『神聖』，以另一手去握住滿掌的血，這確是使上帝既無法編導也不忍心去看的一幕悲劇。……當我們看到那許多在戰爭中失去父母的孤兒，那許多被戰爭弄成殘廢而仍活著的人，我們確是有所感動與同情的，可見人類在心靈深處，是具有上帝施給的仁慈博愛與人道的心腸的。可是人類往往為了生存，又不能不將槍口去校對敵人的胸口，同時也讓敵人的槍口來校對自己的，這種難於避免的互殺的悲劇，的確是使上帝也不知道該用哪一種眼神來注視了。透過人類高度的智慧與深入的良知，我們確實感知到戰爭已是構成人類生存困境中，較

重大的一個困境，因為它處在『血』與『偉大』的對視中，它的副產品是冷漠且恐怖的『死亡』。」❸

羅門的詮釋包含了一個基本的悖論，即倫理原則與歷史原則的衝突。從倫理原則出發，是對戰爭災難的沉思與悲憫；而自歷史原則著眼，則有肯定戰爭的意思。這個悖論和衝突也許是人類心靈無法迴避、必須承受的，也正是這種內部的緊張性，使〈麥堅利堡〉像「『一幅悲天泣地的大浮雕』，作者在處理這首詩時，他的赤子之誠，他的對於歷史時空的偉大感、寂寥感，都一一的注入那空前悲壯的對象中。」❹獲取了一個基本的契入點，過多的分析就顯得非常不必要了，唯一需要做的，就是在讀的過程中開放感官和心靈。這是一首獲得國際性影響的當代經典，羅門因此於一九六七年獲馬可仕金牌獎，全詩結構嚴謹，摘選佳句的作法反而容易成為對詩效果的破壞，所以錄全篇於下：

戰爭坐在此哭誰

---

❸《時空的回聲》，第十六、十七頁，大德出版社，一九八二年版。

❹ 張健，《評三首麥堅利堡》。

它的笑聲　曾使七萬個靈魂陷落在比睡眠還深的地帶
太陽已冷　星月已冷　太平洋的浪被炮火煮開也都冷了
史密斯　威廉斯　烟花節光榮伸不出手來接你們回家
你們的名字運回故鄉　比入冬的海水還冷
在死亡的喧噪裡　你們的無救　上帝的手呢
血已把偉大的紀念沖洗了出來
戰爭都哭了　偉大它為什麼不笑
七萬朵十字花　圍成園　排成林　繞成百合的村
在風中不動　在雨裡也不動
沉默給馬尼拉海灣看　蒼白給遊客們的照相機看
史密斯　威廉斯　在死亡紊亂的鏡面上　我只想知道
　　哪裡是你們童幼時眼睛常去玩的地方
　　　　那地方藏有春日的錄音帶與彩色的幻燈片

麥堅利堡　鳥都不叫了　樹葉也怕動
凡是聲音都會使這裡的靜默受擊出血
空間與空間絕緣　時間逃離鐘錶
這裡比灰暗的天地線還少說話　永恒無聲
美麗的無音房　死者的花園　活人的風景區
神來過　敬仰來過　汽車與都市也都來過
而史密斯　威廉斯　你們是不來也不去了
靜止如取下擺心的鐘錶　看不清歲月的臉
在日光的夜裡　星滅的晚上
你們的盲睛不分季節地睡著
睡醒了一個死不透的世界
睡熟了麥堅利堡綠得格外憂鬱的草場
死神將聖品擠滿在嘶喊的大理石上
給升滿的星條旗看　給不朽看　給雲看

麥堅利堡是浪花已塑成碑林的陸上太平洋
一幅悲天泣地的大浮雕　掛入死亡最黑的背景
七萬個故事焚毀於白色不安的顫慄
史密斯　威廉斯　當落日燒紅滿野芒果林於昏暮
神都將急急離去　星也落盡
你們是哪裡也不去了
太平洋陰森的海底是沒有門的

倫理原則和歷史主義的對立畢竟不會造出一個最終的立足處，那麼就一定存在一個超越於這種對立之上的視點，從這裡可以直斥戰爭的荒謬，詰問造物主。在〈板門店・三八度線〉（一九七六）裡，戰爭暫時移到談判桌上，「十八面彩色旗／貼成一排膠布／這個疤該不該算到上帝的臉上去？」詩的結尾，荒謬感在巨大的反諷張力中顯示出來：

在用不著開槍的幾公尺裡

幾個沒頭沒腦的士兵
　不知為什麼傻笑了過來
上帝你猜猜看
　它是從深夜裡擲過來的一枚照明彈
　還是閃過停屍間的一線光

死亡：生命碰上它才發出最大的回聲

靈視的詩始終以生命的存在為關注焦點，生命與都市、與戰爭之間的悖論關係昭示出無法避免的存在困境，但最大的困境還不在於此，而是生命實體不斷趨向的結局：自身的消滅，即死亡。對於存在的感受和關懷越真誠、越強烈，死亡投向心靈的陰影就越黑暗、越沉重。但是也正因為有了死亡，生命才獲得了存在的時間和空間的意義，進而獲得生命自身的意義；沒有死亡，生命就不可能具有時間感受，空間的意義也隨之變得曖昧不明，生命也就不再成為生命。在這個意義上，羅門認為，唯有感知到死亡帶來的時間壓力和空間的漠遠，才能了解里爾克為什麼說出「死亡是生命的成熟」，以及他自己為什麼喊出「生命最大的回聲，是碰上死亡才響的」。

羅門以堅強的知性和撼人的精神，為死亡造起了一座高塔，它是詩國令人矚目的建築，具有長久的價值。佇立於〈死亡之塔〉（一九六三）上，詩人更能夠看清生命。在此簡化地抽出幾個表現「點」，略窺一斑：

一、死亡：時間的絞殺，對神性的侵吞及其他

你是那只跌碎的錶　被時間永遠的解雇了
人是堆在鐘齒上的糧食／滿足著時鐘的飢餓
主啊　連你自己都失業與斷糧了／叫我們如何從奉敬箱裡要回你的借款

二、與死亡搏鬥，在死亡中掙扎

在稿紙種滿尤加利樹的往昔

蓋有你的磨坊磨碎鐘錶的齒輪　也磨不斷你的沉視
將自我拋入指針急轉的渦流裡　你圖逆轉
那互撞　較擊劍還曉得致命的傷口
那爭執　比鋸齒向樹木問路還急躁

三、引進永恒，並試圖通達永恒之境：另一名篇〈第九日的底流〉（一九六〇）的補充性參照

你步返　踩動唱盤裡不死的年輪
我便跟隨你成為回旋的春日
　在那一林一林的泉聲中
　　（「你」指貝多芬，下同）
在你形如教堂的第九號屋裡

爐火通燃　內容已烤得很暖
沒有事物再去抄襲河流的急躁
掛在壁上的鐵環獵槍與拐杖
都齊以協合的神色參加合唱
都一同走進那深深的注視

向生命引進永恒的觀念，是羅門一貫的超越性精神追求，《第九日的底流》比羅門其他的死亡主題詩更強烈地表現出這樣的嚮往與渴慕，似乎抵達永恒的道路被發現了，題記寫道：「不安似海的貝多芬伴第九交響樂長眠地下，我在地上張目活著，除了這種顫慄性的美，還有什麼能到永恒那裡去。」整首詩就是圍繞著樂聖和他的第九交響樂鋪展開的企盼超拔的激情。

生命在羅門看來，像一道牆，死亡與永恒分別是牆的兩面，人有時被永恒所吸引而充實，有時又被死亡推倒在虛無的無救之中，「在這兩個互相違反的生之意念當中，人存在著，頗像曠野感知著太陽的腳步聲來了又去，去了又來，來了又去……」❺「在時空與死亡的紡織機上，我們紡織著虛無也紡織著生命」，羅門悲劇性的生命證詞表示出：虛無不是紡織的結果，而是對象，在虛無的壓力中紡織生命正如西緒福斯推巨石上山一樣，是生命向虛無勇敢的搏擊。進入這種莊嚴的悲劇性之中，生命之牆便在永恒與死亡之兩面所形成的強烈對抗的張力中支撐起來，屹立成巍然之姿。

在羅門闊大寬廣的靈視之域，選擇都市、戰爭和死亡三個重要主題做簡單的論述，就已經充分顯示出了羅門詩的獨立品格和特殊意義：那種內向探索的深度，那種超俗的高度，那種知性的透視、批判和令人震顫的心靈激情，這一切羅門堅持了三十餘年且將繼續下去的緊張的詩性精神活動，都是當代文化和文學所極端匱乏又極端需要的。

詩人何為：詩論

在精神貧困的年代，詩人何為？面對這樣一個根本的現代性提問，迴避者自有迴避之術，但這種迴避同時也就迴避了詩和詩人在現代社會存在下去的理由。詩和詩人如果要存在，就必須傾聽存在的聲音，就必須嘗試回答這種不斷響起的追問：詩人何為？

---

❺〈心靈訪問記〉，見《時空的回聲》，第八十九頁。

讀羅門的詩論給了我與讀他的詩幾乎同樣的心靈激情。詩論集《現代人的悲劇精神與現代詩人》（一九六四）、《心靈訪問記》（一九六九）、《長期受著審判的人》（一九七四）、《時空的回聲》（一九八一）等，是羅門三十餘年來對詩與詩人存在價值的直白，其意義與其說是在純粹的文學理論範疇內的發現與貢獻，倒毋寧著眼於：當物欲狂潮席捲整個世界，理想與精神被放逐，人類整體地墮落成空心的文明野獸和適應性的活動形體時，詩人那種高揚詩的內在性價值的孤獨激情，那種堅持關注、醒識甚至是超渡芸芸眾生的一貫的執拗，以及那種抗衡世俗文化的獨立而悲壯的姿態。

某種意義上，是現實的殘酷性「激怒」了現代詩人，他們一直在默默地感受著人類精神遭受破碎的一切慘景，一直在清醒中忍受與抵抗著生命破滅的痛苦，他們是唯一在暗夜孤燈下守候自己和全人類傷口的人，「當他們看見『絕望』的刀尖，正指向那些失去自覺的人們之背時，便禁不住將那事實喊出」，使之驚醒於一己的實境。白晝亮著名片夜裡呼呼大睡的傢伙被現代詩人「叫住」，告訴他：「你完全偏航了，你離『人』的海岸線已越來越遠。」

現代詩人的使命並不止於通過「喊出」和「叫住」的動作來揭示令人痛心的事實，

儘管這已經非常不容易；他必須對人類精神世界的塑造負責，羅門把這種責任稱為一種建構活動：替人類造起「精神頂峰世界」，讓普遍的外在追求向內在尋找轉化，「活著常常便是想著」（奧登語），啟悟從內裡發覺一切不凡存在的可靠性。詩人把這種思想繼續躍進到美感的活動世界，最終合成無限遼闊的「詩境」，人類有限的現實因而擴大為內在無限的真實，它提升人去追求絕對的「人」，保持透明的純度與不朽的容貌。「詩境」在羅門的意識裡處於形而上的盡頭，與它遙遙相對的另一個極端是「獸境」，羅門斷言，「向形而下的外在世界走，人到最後便是陷進獸境；向形而上的內在世界走，人到最後便是接近詩境。」詩人創造出這樣的「詩境」，就足以成為「上帝沉醉的人」，在恒久價值方面，「連上帝與哲學家也只好分坐第二第三把交椅了」。

現代詩人將詩置於近乎神性存在的位置，並不意味著詩人要將本身的痛苦經驗遮掩起來或「淨化」出去，相反，現代詩人不但承認現代的悲劇與痛苦，而且因此「相對地產生了一種存在的清醒與內心對一切感應的敏動性與強度，形成靈性的卓越的亮光，輻射於內內外外的世界，使一切呈現於深沉與穩定的看見之中」。透過詩的轉化作用，心靈通過一切阻力所引起的悲劇性與痛苦的美感經驗，已成為詩人生命活動的至為重要與卓越的部分。羅門此種意識在世界文學史中能夠找到許多知音，如卡謬以為「現代作家必須為美與痛苦服役」，奈都夫人說「以詩的悲哀去征服生命的悲哀」，這些說法都共同指向了文學對痛苦與悲哀的審美轉化，這種轉化把它所立基的心靈緊張狀態導向了震撼人心的美感魅力和內在深度，對於現代困境的詩性態度和非詩性態度因此區別開來。

當代社會，「人存在的主要急務，便是在靈魂沉寂的深海，將孤獨的自我打撈。」那麼，拯救人類內心的憑藉是什麼？羅門給出的答案是詩。現代詩從困境出發，卻超越困境，構成心靈同一切交通時的最佳路線，並將「完美的世界」與心靈之間的距離拿掉。「將詩與藝術從人類的生命裡放逐出去，那便等於將花朵殺害，然後來尋找春天的含義。」對於羅門個人，「詩與藝術已日漸成為我的宗教、成為我向內外世界透視的明確之鏡，成為我存在於世，專一且狂熱地追求與創造的一門屬於心靈的神祕的學問。」「我從事於詩與藝術，都不只是因為它能給予一切事物存在與活動以最佳的形式，而更主要的，是因為人尤其是我自己也必須在那形式裡。」

由於確立了詩的近乎神性的存在，羅門極力反對詩採取粗陋的形式和降低精神深度來遷就低級品味，詩既然要提升人的生存境界，就決不能去合俗媚眾。也因為詩的拯救性使命，詩必不是現實世界有限的摹擬與複製，「凡是重複現實的詩，便像有限的現實一樣有限」，「來自現實又超越現實」，「使之根入深遠壯闊的生命之源」的詩，「便像那經由內心潛在世界交感的更為無限的『現實』一樣的無限。」詩人與藝術的存在價值，就在於解放窒息在意義、常識、邏輯與理性的定態世界裡的超越性與神祕感，擴大生命存在與活動的空間，為貧困的年代創造一個無限美妙的新世界。

羅門詩論的視野和他的詩一樣廣闊博大，二者千絲萬縷的緊密聯繫並不消除各自存在的獨立性，但注意其間的互相闡發應該是非常自然的事，而且羅門詩論中重要的一部分就是對自己創作的具體詮釋，如關於一首題為〈窗〉（一九七二）的小詩——

猛力一推　雙手如流／總是千山萬水／總是回不來的眼睛
遙望裡／你被望成千翼之鳥／棄天而去　你已不在翅膀上／聆聽裡／你被聽成千
孔之笛／音道深如望向遠方的凝目
猛力一推／竟被反鎖在走不出去的透明裡

羅門的闡釋從他的基本詩觀入手，堅稱詩人永遠是替「美」工作的，但「美」必須根入精神的深境和存在的本質。在精神的探索上，「窗」與人類不斷地內在探望的窗連為一體，以看不見的巨大形態存在，以無聲的巨大音響在顫動。由於人不由自主地經常產生推開與掙脫的精神狀態，於是「窗」與「我」融合成一種分不開的整體性生命活動，雙手一動中，竟轉化成無限地向遠方衝出的河流——內在生命不可抑制的奔流，呈現出人類存在於種種阻力中的感受。「窗」看清了我們對世界的焦灼與渴望；「窗」是千翼之鳥，能進入無限的自由之境；「窗」是上帝之目，能滿足我們一次又一次地對完美的守望；「窗」是人類心靈於潛意識中隨時張開的眼睛。「窗」已成為一種本質的存在，一種有生命形體的無限的「視力」。在美學探索上，羅門表明了這首詩的技巧與傳達材料透過存在的實境而發生的轉化與昇華。

立足於存在的真實境況，荷爾德林對於詩人存在意義的追問與揭示非但沒有蒙上年深日久的塵垢，反而被時間磨洗得更醒目、更明亮，他的詩句穿透時間，在當今這個熙熙攘攘的年代一遍又一遍重新響起：

待至英雄們在鐵鑄的搖籃中長成，
勇敢的心靈像從前一樣，
去造訪萬能的神祇。
而在這之前，我卻常感到
與其孤身獨涉，不如安然沉睡。
何苦如此等待，沉默無言，茫然失措。
在這貧困的年代，詩人何為？
可是，你卻說，詩人是酒神的神聖祭司，
在神聖的黑夜裡，他走遍大地。

讀臺灣新世代小說札記

書寫的概念用於文學創作，它兼顧了傳統的二分法隔裂開的內容與形式兩個方面的涵義：一、書寫是文學的動作或行為，它尋找能夠進入這一行為中的對象，它是及物的，即文學表現文學之外的世界；二、書寫也可以強調它的不及物性，即從文學的純粹意識著眼的審美觀照，此時書寫本身就是一個自足、完整的系統。文學上的新變和發展端賴每一代人書寫習慣和書寫傳統之間的差異。當臺灣新世代小說家響亮地喊出「書寫當代，創造當代」的口號時，一種自覺反叛成規、渴望原創性的激情就非常明顯地洋溢出來。當書寫貫注進強烈的創造意識，不管在及物與不及物的方面，它首先都是一個語言事實，即使這個事實有時指涉了某種現實，那麼現實仍是語言造成的，即語言形成世界的觀念。堅持這一觀念保證我們對臺灣新世代小說的考察首先是文學的考察，然後才能談到其他。

臺灣文學的新世代主要指一九四九年以後出生的作家，只有在考慮到少數幾位作家時才把上限浮動到一九四五年的出生者。對如此龐雜的作家和作品集合進行考察令人產生無法入手的感覺，正是這樣的困難把黃凡、林燿德主編的《新世代小說大系》（希代書版有限公司一九八九年初版）的意義和價值反襯了出來。本文即以《大系》為基本的作品依據，並按《大系》的編排對臺灣新世代小說作一個匆忙的描述和評論。《大系》總集一〇一家，作品一三三篇，按歸納整理而得的歷史文類（Historical genre）分十二卷：政治、都市、工商、鄉野、心理、歷史／戰爭、科幻、神祕、武俠、校園、愛情I、愛情II。這十二個「互相影響、互相滲透的權宜性類型目標」，有助於我們把握新世代的探索軌跡。

以非政治化的意識透視政治神話

主題類型意義上的政治小說是臺灣文學一個較強大的書寫傳統，一九四九年以後，國民黨與其統治的社會、人民之間的緊張關係是最基本的創作慣力。特別是一些臺籍作家像陳映真、黃春明、王拓等，政治傾向表現得十分明顯，他們以一種批判的激情，試圖擊碎巨大的統治神話，表現方式上尊崇寫實主義的觀念和手段。

進入八十年代以後，這一類型的小說在新世代作家手中翻轉出新的面貌，從某種意義上甚至可以說，不管是在政治觀念上，還是創作的語言、形式景觀，往往表現出對前輩作家的反動。

楊照〈魂〉的鋒芒所指，已經不是哪一種具體的政治性的兇暴與殘酷，而是無所不在的政治結構本身，在這樣一個巨大陰影籠罩下，人無力逃脫其宿命般的厄運。顏家從若干年前的一個家族神話開始，每一代都有一名男子從遺傳中得來預見死亡的能力，正是這種能力，使他們被死亡緊緊糾纏住不放。顏金樹的父親因為這種神祕的能力親睹了昭和九年請願團同仁被日本憲兵一個個祕密殺害，他讓少年顏金樹到大陸去躲禍後，切腕自殺。顏金樹因反日被囚，他同室監禁的獄友因抗戰的勝利一時逃生，後來卻都被政治纏死了，比如最早死的一個，「三個政府以三個罪名，通緝他三次，他受不了，自殺了。」顏金樹出獄後回到臺灣，長官公署要他擬一張臺灣社會上最具影響力的賢達名單，說是要請這些人出面調解有關事宜；結果卻是這些賢達的血染紅了那個著名的歷史紀念日：二·二八。顏金樹死去的前兩年把自己關起來讀歷史，「他知道了許多歷史從來沒有人，甚至以後可能也不會有人會知道的祕密。他知道每個歷史人物真正的死法。他知道有多少歷史記載在說謊。」

張大春〈將軍碑〉中的老將軍具有與顏金樹類似的神祕能力，能夠穿透時間，周遊於過去和未來。將軍的神遊瓦解了已經建造起來和將要建造的政治、歷史和個人的神話，同時，反諷地，將軍又以個人的固執堅守他那一代人建構的生命價值形態和認知框架。正是在這裡，父代與子代的衝突必然發生了：在身為社會學教授的兒子的眼裡，父親目為生命支柱的歷史只是他個人和他那一代人的歷史，不管它是什麼東西，下一代都不必再背負著它，而且那些都已經過去了。更激烈地展開兩代人政治觀念衝突的是苦苓的〈父與子〉，對父親來說具有諷刺意味的是，兒子同樣不惜以入獄和生命為代價反對父親以性命維護的政權。

對於臺灣的新世代，更具普遍性的大概要算李潼在〈屏東姑丈〉裡所表現的年輕一代對於政治本身的絲毫不感興趣。屏東姑丈期望他兩個兒子和視為親生的一個內侄去參加競選的願望注定要落空，即使他因請願被關，兒子和內侄不得不去看望他，心裡卻各打各的算盤：一個想要抓緊時間趕回去游泳，一個想怎樣說服父親把閣樓拿出來開畫展，還有一個因為結婚幾年沒弄出個孩子，心事重重——「這兩天得節約保重，認真造個娃兒出來了。」

新世代作家反動於中生代政治觀的一個顯著之點在於，他們幾乎不再以一種政治的激情去批判政治。中生代作家儘管與他們批判的對象在認知和價值取向上相反，卻仍囿於一個大的政治圈套之內，新生代則試圖跳到圈子之外，對政治的評判不是依據另一種政治向度，而是將政治置於非政治的對立面。在蔡秀女的〈乾燥的七月〉和林雙不的〈小喇叭手〉這兩篇優秀的作品中，處於政治對立面的是人性力量的增長和活潑生命力的顯現。〈乾燥的七月〉由一個女孩的眼光去寫一個政治化的老人，這一獨特視角的意義在於同時提供了一個完全非政治的價值準則和認知方式，並以嶄新的生命形態和內蘊無限前景的活力與老人衰朽的生命相對照。「對立」是這篇小說基本的結構模式，主線上的對立一邊是「我」，一邊是祖父和「我」被迫置身其中的「黑色地獄」般的環境，還有乾燥的沒有人情味的七月。對立雙方力量漸變，「我」由弱小無助到內心堅強，而威嚴的祖父眼光中竟透出一絲恐懼。最後，即使在祖父個人身上，政治對人性力量的壓抑也全面崩潰。林雙不的〈小喇叭手〉展開一個校園內的衝突，教官因為一個學生吹臺灣民謠而將他開除，其內核不僅揭示了一種政治壓迫，在更高一層的意義上，許宏義嘹亮的喇叭聲則是純淨的生命對強權文化歧視、侮辱的抗議。拓跋斯〈最後的獵人〉也涉及到人的基本生存方式在文化強權下不得不改變的無奈與悲哀，「改個名重新做人吧！不要再叫獵人……」

黃凡的〈賴索〉寫的是小人物，卻表現出對相當長的一個歷史跨度內普通人命運的深切憂思與反省，而且通過一個普通人的遭際勾勒了隱藏於舞臺深處的政治、文化明星。用批評家王德威論黃凡的政治文化分析代表作〈反對者〉裡的話說，「與其說他揭露了一時一地的政治實況，不如說他凸現了一則支配你我意識卻又難見真章的政治神話。」

都市空間的象徵性和隱喻性

都市文學的勃興，最基本的背景是八十年代臺灣社會全面而快速的都市化過程，單從人口分布比率來看，大都會居民已占全臺人口的百分之七十以上。《新世代小說大系・都市卷》前言裡說：「黃凡〈都市生活〉、張大春〈公寓導遊〉、東年〈模範市民〉以及林燿德的〈惡地形〉，這些充滿都市符咒的小說集在八〇年代的臺灣出版，充分說明了都市小說與當代文學中都市精神的確立。都市與人互為主體、互相投射、互為正文，在近十年出現的都市文學作品中，提出了對田園懷舊主義的批判，也呈現作者對異化世代的深層探索。」編選者的自信是顯而易見的：「都市文學業已躍居八〇年代臺灣文學的主流，並將在九〇年代持續其充滿宏偉感的霸業。」

都市生活的豐富駁雜和都市人心態的光怪陸離在張大春那裡濃縮進一幢公寓，即使僅從對人生百態的呈示角度來看，〈公寓導遊〉也算一個較好的作品。作者顯然未止於此，他試圖從較抽象的層次上去探測，發現都市生活不停運轉所隱藏的某種東西，即「親密」與「疏離」奇怪的對立與合一。一方面，公寓是「一個疏離的象徵」，比如幾個晨跑的人，「彼此只認得臉孔，其餘一無所知。他們在路上碰到面，會相互頷首致答禮貌。但是沒有人會跑一樣的路線。」都市人對此自然身有體會，容易認同。但是，〈公寓導遊〉更要提醒的是未曾進入局內人視野和心靈感受中的「聯繫」，比如過去手牽手爬過山路的邂逅男女，現在卻對面不相識。更為典型的公寓生活的互相關聯是環環相扣的，比如蘇珊的放蕩溯因可找到梁隆潤將她父親送上了軍法處，她把口香糖吐到電梯裡的地毯上是抗議梁的輕蔑眼光，管理員關佑開趴在地上用小刀片割除口香糖的一幕恰被畫家管某撞見，產生突如其來的創作靈感。局內人於這些關聯毫無知覺，這樣的忽略甚至可以說是忽略了生活本身，在象徵性的公寓裡，生活就是由於有了這些聯繫才展開和向前發展的，這些聯繫構成了生活本身，不妨想像一下，去掉這些聯繫，公寓裡說不準是靜止的或單調重複的。這些聯繫也並非雞毛蒜皮，毫不重要，一個極端的反例是，易婉君走錯了樓數，鑰匙在鎖眼裡轉了半天，裡面的齊老太太以為有歹徒正欲闖入，當下心臟病猝發而死。但是沒有人會知道她何時為何而死。話回過頭來說，既然有如此親密的關聯卻不被覺察，那麼疏離作為都市的象徵就愈發鮮明了。從另外一個角度看，張大春未嘗不是揭示在日益複雜化的現代網絡社會中個體的虛弱性，所謂獨立個人的主體性等等神話已被無所不在的關聯消解殆盡，除了自我欺騙一下別無其他功用。

　　黃凡的〈房地產銷售史〉著力於對都市生活表層下的心理癥結的剖析。主人公卓耀宗身高只有一米五十，為克服由此帶來的強烈自卑，他加入建築業，「在與其自卑成因相關的行業中獲得成就」，成為乙太建築公司的銷售經理。當他個人的居住面積從十二坪增至六十四坪，他非但沒有相稱的滿足感，反而對房子——建築本身的不滿日甚一日，他認為建築和居住者在精神和人格上應互相投射，而目前的建築卻普遍缺乏想像力，普遍忽視居住其中的人。於是，他推出一個前所未有的企劃方案：自助式建築，房屋消費者完全按照個人的意願決定房屋的一切，連公司老闆丁乙太也成了客戶，他覺得住五百坪的大房子完全是為了虛榮、場面，證明自己事業成功，反壓倒是童年時農家的純樸生活更令他舒心，坐在金馬桶上大便每天都讓他產生罪惡感。「我要房子裡有間豬舍。」建築完工後，真出現了客戶自決的各式各樣的設計，像什麼都是圓的圓圓屋，像風水多面體，當然還有老闆的豬舍。而卓耀宗自己的房子呢？「一切都是小號的，小客廳、小臥室、小桌小椅，完全適合幼稚園大班生尺寸。」「我的房子最令人驕傲的是：它能充分發揮我的自卑感」，黃凡在這裡把都市生活的浮面性對人的心靈及其欲望的壓抑作為產生一個寓言式「觀念的」建築的反面動因，這個矗立起的「觀念的」建築刺破了那層抑制性浮面，人的心靈的內在緊張關係通過此種觀念構成的渠道得以緩解。

都市生活對人的心靈的排斥性在平路的〈玉米田之死〉和朱天心的〈淡水最後列車〉裡都得到不同的表現，前者主人公是事業成功的駐美新聞記者，後者是個物質上很富有的老人，他們共同的焦慮是精神上沒有著落，於是他們都想逃走，從眼前，從都市逃走，逃回過去，逃向鄉野。逃的極端便是死，一種最徹底、最乾淨的解脫。東年的〈大火〉則寫一個鄉下青年進城謀生所感受到的擠壓，心靈在壓抑下的大爆發使他放了大火要燒掉他憎恨與厭惡的一切。

在吳念真的〈婚禮〉和侯文詠的〈鐵釘人〉，都有一種主動承擔人類苦難與不幸的帶有宗教意味的行為，包舉跟一個瘋女人結婚，鐵釘人吸吮一個患肺結核老人的口水等。這些行為或許已經超出了中國人日常的道德責任和道義心，在中國文學中並不多見此類的表現。

工商社會的荒誕狂想與黑色幽默

工商本只是都市的一面，似乎不必分立出來特別強調，但是工商小說卻已經形成一種「事實性的文類」，而且具有「開發自新世代手中的新類型」價值。

陳裕盛的〈商戰日記〉，正面展開工商界內幕，寫得緊張有趣，有聲有色：獨占市場的誘惑使A、B兩個公司都產生吞併對方的計畫並幾乎同時著手進行，吞併的基本方式是祕密購買對方的股票，股份超過一定百分比即可接掌公司。經過幾天暗地裡的激戰，A、B公司的總裁都去接收自己的成果——A、B公司的總裁分別成為B、A公司的總裁，有關職員也相應對換。兩個總裁一問一答，若有所悟：「這是什麼世界？」「這是黑暗的商業界。」這篇小說「更傾向荒誕性，如同一首離經叛道的狂想曲」。

黃凡在〈范樞銘的正直〉裡，對異化現實中普遍為人所推崇的某種社會道德、品質提出了尖銳的質疑。卅年前，少年范樞銘只因為在督學前沒扣好扣子，被罰當著全校師生用藤條打手心，還得同時接受校長「我是為你好」的美意；卅年後，「當另一個年齡相仿，同樣犯了規（不論犯了哪一個團體的規矩）的孩子」在某公司總經理范樞銘面前，「迫使他站在公正的一邊並扮演校長同樣的角色時，范樞銘終於明白『正直』的涵義。」范樞銘的個人立場是完全無關緊要的，因為在處理這件事情的時候，他只是公司的代理人，只能站在公司的立場上，個人的一切被擠壓在心靈的最角落裡，甚至終於泯滅。這「是一篇白領階級異化的黑色幽默」。

莊華堂的〈巨人〉通過展開對死者的調查，披露了一個工商「巨人」藏匿於大眾視線之後的個人生活的各個側面和真實的心理，這必然一步一步地將公眾形象消解掉了。

對於出現於大眾傳播中的端正形象與人的真實存在之間的差距，蔡素芬《六分之一劇》的透視也許更為別具一格。獲獎名導演杜康拍一個成功的企業家的故事，用出生背景、成長過程、家庭、事業、欲念和死亡六大階段來詮釋他。拍片過程中，虛構主人公李四平和杜康不斷互相投射、映照，實質上，李四平即是杜康藝術化的自我。杜康要把李四平拍成一個受膜拜的圓滿形象，編劇小童卻用「欲念」──「很重要的六分之一，它出入在任何一個階段」──「在一個圓上戳一個洞」：李四平強淫了用錢挖來的女祕書史丹桂，而杜康也在史丹桂的扮演者林仲敏的誘惑前屈服，儘管他在心裡詛咒，可是圓滿的形象在大眾標準的意義是圓滿不起來了。但是欲念的表現是真實人性的實現，這與傳播媒介中的標準完美難免衝突。從文本結構上看，這篇小說帶有明顯的後設意向。

葉姿麟的〈魚之游〉提供了工商社會裡衝突與競爭之外的另一種生活和心態，這種生活如玻璃缸裡的魚，平靜，安閒，戀愛、結婚、生子，「而後逐漸老去，與這人世相遺忘。」「為什麼我不在大海裡遨遊呢？」在人世舞臺裡衝闖的哥哥就是無涯的海洋裡的一尾魚，可是他敗得很慘。這個短篇在結構上的特色也非常值得一提，小說並行推進兩個不同話語系統的敘述，它們在時間及事件的關聯性上是錯位的，只是讀到小說結束二者才重合起來，互相補充、互相闡發的意義才得以明朗和完成。

工商類型的作品或直接或間接地呈示出面對普遍的異化現實的心靈感受和反應，雖在深度和藝術感染力上有待更好的表現，但其關注人性力量活動的焦點無疑預示著將來發展的可圖前景。

多元文化格局中的鄉野文學

捨棄慣用的「鄉土文學」這個名詞，而改稱「鄉野」，事實上是有意識地與六十、七十年代一度十分強大的鄉土文學敘事傳統相區別，突出目下創作的新質；而且，鄉土文學在社會全面都市化的文化多元格局中，已不可避免地由文學中心、主流地位（姑且假定存在過這樣的中心、主流）退向邊緣系統的位置。《新世代小說大系・鄉野卷》前言裡說得更加乾脆：「除非我們敢於聲明『鄉土文學』尚未開始，否則鄉土文學一詞就只是一個鈣化的歷史名詞。」順便提句，近日翻過一本大陸出的集多人之力編的臺灣文學史，談到八十年代時，仍特別強調鄉土文學是主流，這如果不是無知，那便是頑固和強詞奪理。

鄉野小說對鄉土文學所關注的意識形態的漠視是極其明顯的，另外，鄉野之「野」大概帶有「蠻荒」的意思，涵蓋面擴展到了臺灣本土之外的南洋、離島等，本卷作品中最優秀的幾篇，如王湘琦的〈沒卵頭家〉、李永平的〈日頭雨〉、張貴興的〈伏虎〉等，都是以此為背景，吳錦發的〈有月光的河〉空間背景雖未離臺灣島，卻也深入到群山深處的一個少數民族。

〈日頭雨〉是《吉陵春秋》為總題的系列小說之一，這是個瘋狂淫亂的世界，其中的人或哀絕成狂，或操刀殺人。在李永平的小說世界裡，社會意識、時代脈搏之類的羈絆完全被拋開了，精心專注於人性中紊亂的力量和對於小說敘事境界的拓展。〈日頭雨〉裡，許多東西是曖昧不明的，比如小樂到底有沒有汙辱劉老實的老婆長笙？出現於鎮上苦楝子樹下的流浪漢是不是劉老實？在後來與〈日頭雨〉關聯的〈白癡記〉、〈燈〉等作品裡，李永平都沒有交待。實際上，「清晰」、「交待」之類的要求完全是讀者習慣的閱讀心理的預期，小說家本不一定非要滿足。對於李永平來說，不管是鄉土還是鄉野，這都是不重要的，他要探討的是支配人的顯性行為的隱性心理。評論家劉紹銘就認為〈日頭雨〉總義「是一種原罪心理的探討」：長笙的面容與觀音娘娘不斷交疊，暗示了某種象徵；看著孫回房挾持長笙而袖手旁觀的眾人，包括小樂，實是褻瀆神靈的幫兇，都是染了原罪的人，久旱不雨在吉陵鎮的人看來即是天譴和報應。在敘述效果上，李永平極善於製造神祕、淒惶、壓抑、劍拔弩張的特殊氛圍，用極經濟的筆墨造出極強烈的效果。

王湘琦的〈沒卵頭家〉以澎湖離島的一個小港為空間背景，用戲謔、誇張的語調敘述了擺脫腐朽傳統邁向現代文明的艱難的心理歷程。三十多年前，黑狗港流行一種陰囊腫大的病，程度嚴重到無法出海捕魚。讀過書的吳金水勇敢地去臺灣醫院割掉了，因為「學術免費」，陰囊就留給醫院做實驗標本。同去的阿福因為受不了村人的閒言碎語投海自殺，吳金水卻在大家都不能勞作的時候大發其財，三十年後已是漁業公司的老闆了。儘管如此他還是人家叫的「沒卵頭家」，心中存著「一種深深的刃銳的羞辱」，於是當年的「反者金水」花了一百萬新臺幣從養子讀書的醫學院買回了陰囊，村子裡覺得他這才掙了口氣，「卵葩總不可流露他鄉」。沒料到買回的陰囊卻是阿福的，吳金水又第二次去醫學院。直到養子吳丁旺為了父親能買回陰囊情願退學，吳金水才醒悟自己的糊塗。他空著手回到黑狗港，可是「脊背卻挺得直直的」。

吳錦發〈有月光的河〉在思考方向上適與〈沒卵頭家〉相反，作品瀰漫著泰雅民族在被迫現代化過程中的集體性恐懼、茫然，這個曾經浪漫、堅強的民族在接受文明的過程中卻必須喪失它最珍貴的東西。作品主人公幼瑪是現代社會裡泰雅民族痛苦的象徵，她從一個純潔的泰雅少女變為都市賣身為生的妓女，再到一個亂髮蓬鬆的瘋婦死去的結局，是對文明的一個尖銳諷刺，是現代文明刺痛人心的代價的一個尖銳隱喻。

洪醒夫的〈散戲〉寫的也是面對現代化、都市化衝擊的反映。傳統的歌仔戲繁盛的時代一去不返了，現在大家要看的是熱烈大膽的通俗歌舞。〈散戲〉不比〈有月光的河〉那樣尖銳，卻顯得更厚重，無邊酸楚裡的最後表演怕也只是一聲無奈的歎息，一個「美麗而蒼涼的手勢」。

黃瑞田的〈爐主〉、唐明儒〈進香〉、阿盛〈十殿閻君〉、東年〈路〉、廖輝英〈油麻菜籽〉、廖蕾夫〈竹仔開花〉等篇均有傳統鄉土文學著眼點之外的關注。在八十年代臺灣社會後現代性表現十分明顯的多種文化結構中，鄉土已不再是單純的鄉土問題，錯綜複雜的文化必然要滲透進去，因而相應的文學本文也在更加複雜的關係中展開。

無窮的心理和自由發展的文字

新世代作家反傳統的文學觀念和創作手法最精彩、最具前衛性的表演，在我看來，尤其集中於「心理式小說」這一類型中。實際上，面對形態各異的作品，我們不必被「心理」的字樣拘束住，完全可以從容解讀與想像。

但是，正因為其挑戰性的全新面貌使傳統的小說讀法陷入了困境。像林耀德的〈惡地形〉，很難從滑動的文字表面找到連貫的所指，傳統意義的主題導向晦暗不明。從意識的自如流動裡大致可以辨明這樣一些能夠歸納的內容：一、「我」買的舊書裡夾了一張風景明信片——「我」來到明信片所指的風景區，荒涼的青灰岩區（「惡地形」）——想像沉入這裡的湖底，變成一具屍首——屍首想像變成潛艇或一尾魚，也許「我」是為了明信片裡的以「惡地形」為背景的黑衫女子（代號B）才到這裡來的？二、都市裡「我」的房間：世界掛圖，餅乾盒子裡的蠶及旁邊的明信片。鐘（連帶對時間的看法）、床上的女人G；「我」故意不觸及G的過去，兩人常談刑案、血腥的事情；「我」寫作，翻看一段原稿；「我」在鏡前看著帶時鐘面具的自己，等等。「惡地形」是怎麼回事？「一群肥碩而雪白的蠶，在一張既寬且薄的地圖上，不安地蠕動，毫不保留，啃嚙紙面上的鐵道和都市……在大地上啃嚙出一片擴張中的荒地，疲憊的蠶終於紛紛風化成青灰岩構成的白色丘陵。……這就是『惡地形』的身世？」小說是這樣結束的：立於「惡地形」上的黑衫女子B「想像自己進入一張古舊而未曾使用過的明信片中，然後被夾入一本舊書，被一個不知名的男子在舊書店裡買去……」黃凡在為林耀德的小說集《惡地形》作序時指出，「尤其在〈惡地形〉這一篇中，某些片斷顯示出林燿德『讓文字自由發展』的功力正日趨成熟。」我感覺到，「讓文字自由發展」成了虛構與幻想無限展開的原動力之一，這與傳統小說是不相同的，傳統小說的虛構與想像以實在經驗為基礎，或者以實在經驗的邏輯為基礎，它必須在一個限制性的模式內活動，「讓文字自由發展」就拋開了這一邏輯模式，文字能指膨脹，不在乎所指的意義是否合乎經驗的規範，像扔掉了包袱一樣自在滑動。也正因為如此，這類作品更易產生一種敘述的詩質與詩韻。

夏行的〈奔赴落日而顯現狼〉在對心靈的探索中顯示了詩化的哲理思考的深度。女主人公酷愛「奔跑」，「速度」，「酷愛一切具有終極性質的事物。終極中，往往蘊涵著純粹的且具毀滅性的美質。」瘋狂愛戀「創造與毀滅，生命與死亡相交的一瞬」；她反覆追問的是「真相是什麼？」因為「人生所有事物不過是一些表象而已，所謂意義也只是個人認知下的產物，而人類的認知是不可信任的，內中往往涵藏著虛飾與欺騙」。她和畫家鍾彼此互不相愛，卻不妨同居，因為愛情也是如此不真，不具「關乎人類生存的絕對意義」。兩人在山中造屋而居，一日鍾約她去一株老松樹下相會打狼。她午睡後起身，背著來福槍。「槍」與「狼」具有象徵意義，象徵了她堅強理智下的軟弱和極端恐懼，如鍾所覺察到的，這是她「唯一而致命的弱點」。這種恐懼即是對於非真實的恐懼。有時她也會想：「莫非連狼，我的死敵，也僅是一個幻象嗎？」那麼槍（恐懼）就是崎嶇山路上（行路也具有生命過程的象徵意義）一個不必要的重負。傍晚她到達約定地點，忽然覺得立在那裡的鍾「不過是虛幻的表象而已」，她瞄準鍾，在熱望的「白晝與黑暗相交的瞬間」（「完全的力與美的結合」）開槍射擊。之後卻驀然發覺晝夜交接的一瞬竟是不存在的，「從來不曾確實存在的」，她恍悟到：「這整個事件除了成就我的悲劇之外，似乎沒有旁的意義。」這篇小說似乎想表露人的迷失的危險隨時可能發生，即使你拒絕一切世俗的原則，「現代知識分子」的堅強理性和「屬於自我的價值系統」並不就是萬無一失的保證，自身的悖論即是存在的迷失。

羅葉〈魚〉裡的少年阿草就是自己破滅了自己的夢想。阿草一直夢想自己變成一條魚，一天到晚都能自由自在，同時恐懼魚被母親殺死或被貓吃掉。可是人的權力慾使他把魚缸裡不聽話的魚殺死了，「他殺死魚，殺死自己變成的魚，永遠沒有那條魚了……」

羅位育〈嘿！說故事的人〉關注層面不是外在的任何意義，而回到了小說自身。這是一篇十分典型的後設小說（metafiction）。它分四種言語的敘述，第三、第四言語的敘述是對第一、第二言語敘述的質疑、瓦解，第四言語的敘述又是對前三種敘述的消解，而且每種言語的敘述內部歧義、矛盾與衝突不斷，自身消解。整個敘述充滿嘈雜的聲音，非預設角色與情節的突然出現常常別開洞天。大陸作家馬原的小說與此相類似。

杜十三的〈無賴〉對人的無聊情狀的描繪發揮得極其徹底，其徹底性在我個人的閱讀經驗中還不多見。我還注意到這篇小說較早的發表時間，一九七〇年。

具有較強現實指涉的王幼華的〈花之亂流〉和吳錦發的〈被鰻魚突擊的金魚〉在處理手法上是怪誕的。前者寫一個人變成了花，其中不乏怵目驚心之筆，他看到幾千年前說「君子喻于義，小人喻于利」的老人打扮得像現代社會裡的老人一樣，去看政見發表會，卻「被兩個全副武裝的警察架著。……在冰冷尖銳的鐵刺裡看到他雪白的頭髮上，插有一朵花」。「老先生被扯倒在地上，『碰』的一聲」，「我聽出他的內心竟是空的了。」老先生「被懸吊起來……吊起來……愈吊愈高……愈吊愈高……」

日常現實經驗之外的神祕世界

在大陸文壇，「神祕小說」這樣的稱謂還沒有被採用，但是並不乏此種類型的實績，古典文學中非理性的時隱時現的長流（雖然常常被正統排斥）且不去說它，近年來小說中超驗的表現就不僅僅是一兩個例子了。證諸於臺灣新世代這方面的探索，神祕在小說中不是處於輔助地位的功能性氛圍狀態，也不是構成小說某種成分的個別特徵，而成為被表現的主旨，「簡潔地說，神祕小說就是超心理小說，只要能夠按照邏輯推理取得解答，或使用心理學認知模式得以交待的內容，皆排除在神祕小說的結構之外。」（《新世代小說大系‧神祕卷》前言）

在溫瑞安的〈鑿痕〉裡，神祕是一種驚心動魄、對人步步緊逼以致使人發瘋喪命的力量。大城市裡的結義弟兄忽然宣布休假，沿著一條水流尋找水源，出發前藍元莫名病倒。剩下的六人深入沒有人煙的山林。第三天，殷平變得不正常，歇斯底里地喃喃自語些昏話，後又摔傷。第四天，他們在一塊石頭上發現了警告不要前往的不完整字樣的鑿痕，「陰影如黑鴉翅一般地掠過心頭」，卻不甘心半途而廢，接著發現一處湍急的瀑布，而張恕就失足喪命水下。他們發現了水源，同時竟發現了可能是一座被河流摧毀的城。天譴的不祥預感使他們立即回頭就跑，殷平就在這時死於憑空射來的箭下。第五天的回程路，黃辛無緣無故墜落山谷，周清被不可思議地出現的二十餘條蛇咬死。廖建在黑夜的密林中忽然間老去和縮小，更不可思議的是「我」的手緊掐著廖建的咽喉，瘋了一般地捏死了他。在背後，是什麼力量主使著這一切？——「逃不出去了！那是天譴！我們誰都沒有權力去發現一些人以外的祕密。」「我」唯一能做的就是用最後的力量舉斧在巨石上留下不要讓後人再走這條路的鑿痕。理解〈鑿痕〉這篇「最具戰慄效果的神祕小說」，完全可以超越字面的具象層次，把它看成一則「現代的存在寓言」，或者一個整體的象徵形式，只要不過分穿鑿，硬去要求一個確定的「死解」。

蔡秀女的〈紅衣觀音〉似乎也是一個神祕的天譴主宰的世界，而且它對人的懲罰方式也一樣：死亡。十二年前，陳見慕和長子陳詩繹同日橫死，十二年後，推開陳家斑剝的板門，陳家次子陳詩結和妻子、女兒共五具屍體相連橫臥，陳家牆壁上無因無由出現的穿著猩紅衣服的觀世音圖像象徵了這種神祕的力量及其控制下的陳家無可逃避的宿命。但是，與〈鑿痕〉不同，〈紅衣觀音〉試圖揭開所謂的「天譴」背後的東西，即對陳家宿命肇因的探尋，結果就反諷式地指向了一種殘酷的人為力量，指向所謂的正統和政治。從正統眼光看去，「陳家的人都很怪」，從第一代開始，好好詩書人家，竟有做海賊、反官府的，後又有聚眾抗日的，跟國民政府過不去的，到陳詩結，留學美國時還要抗議臺灣當局。無以逃避的宿命絕望使陳詩結殺死妻與子，然後自殺。看來，這篇小說也可以歸類到上面介紹過的政治小說裡，但這樣做不小心就會輕估了作品的涵量。事實上，小說在宿命—神祕力量—政治三者之間幾乎沒有任何可以實證的關聯，我們自己「讀出」了這種關聯，但小說並沒有揭示它們是如何關聯的，就像我們無法知道陳家牆壁上怎麼會有紅衣觀音。

今靈在〈椅子〉裡展現了另一種形態的神祕，它不再那麼緊張和恐怖。「我」買回一把老古董椅子，卻同時有一位老先生日夜坐在那把椅子上，無論如何也不離去。當「我」也坐在椅子上的時候，與日常無聊、厭煩、苦悶的情緒迥然不同，有一種非常接近幸福的感覺。可是同居的男友根本就看不見老先生，不能接受「一張椅子是有生命的、有感情的、能帶給坐在其上的人無上歡樂」的怪談，他把這斥之為「白日夢」心理。有天夜裡，當我瞪著他看時，突然起了奇怪的變化，他的臉像是被什麼風吹皺似的，湧出了許多皺紋與斑點，皮膚被火燒焦似的捲編了起來，像火雞脖子，連整體都整個乾縮變了型，在短短幾秒鐘裡，我眼睜睜地看見他的衰敗。「我」把他變化時拍的照片沖洗出來時，發現「照片的影像有男也有女，每個都是死氣沉沉的。最令我駭異的，是其中一個很像我」。

借助於神奇的椅子，小說呈示了現代都市人無以名狀的心緒和生命渴求，我讀這篇小說的感覺，就好像是飄浮於虛空中的人卻伸出兩手拚命要抓住什麼。在小說裡，超越常理的存在十分氣盛地向常理提出挑戰，某些東西看不見、無法詮釋，卻真的存在；依循常理的解釋只在解釋囿於常理範圍的經驗時才有效，一旦跨出這個界線，所謂的解釋就成為一種強暴。

陳裕盛的〈騙局〉記錄了一個魔附人身的過程，從敘述層面看，帶有後設小說傾向；王幼華的〈狐〉則把狐變人這一傳統的手法和人的現實心理結合起來；梁寒衣的〈盜跖〉「滲入思想領域，企圖藉神祕外衣以啟示六道眾生」；林姣的〈魔像〉「是舊瓶新酒的愛情神祕小說，魔像成為嫉妒心態和恐怖分子情結的擴大隱喻」；楊麗玲的〈殘月〉賦予鬼魂以「生命」，能夠感知陽世人事；鄭寶娟的〈那一夜〉講一個人死時把靈魂附到另一個人身上，接續前世夫妻間的恩愛情義；阿盛的〈有請蝶仙〉讓神仙出場，將幾近民間「巫術」的情境與心理給以正面的文字肯定。

神祕、魔幻、超驗的領域進入文學表現，實質上並沒有斬斷與現實的瓜葛牽連，常常倒以現世的隱喻形態存在著。

上面說過我們並不乏可以歸屬於此類文學的實例，但是中國正統文學對於現實和歷史日甚一日的臣服，卻使文學的天地越來越狹窄，文學的肌體越來越萎縮。神祕類小說在臺灣和大陸的興起，一個最積極的意義是為文學提供了一塊不受現實經驗束縛的想像力空間，最大限度地發揮思想和寫作的自由。

恐懼未來、憂思現實的科幻

迄今為止，大陸並未產生高質量的科幻小說；對科幻的認識也非常模糊，常常把它跟兒童讀物、科普目標、通俗效應等聯繫在一起，講求藝術品位的文學似乎應離此很遠。觀念上的盲視和創作的乏善可陳互為因果，以至於科幻基本上仍然是大陸文學的一塊荒蕪之地。

科幻並不止於膚淺的暢想未來和科技憧憬，它表現的核心仍然是基本的人性內容，特別指向作為類的概念的人的現實生存境遇和發展的可能性，常常涵容了終極的人性隱憂和關懷。這一切放在宇宙星際系統的場景中，用標示了未來意識的特殊語言敘述，其審美效果自然不同於一般小說。

林耀德的《雙星浮沉錄》最牽動人心的是以假想的未來作為當代世界的隱喻構成。基爾邦陷入內憂外患的恐慌中，在內，有激進的第三黨人針對執政黨進行的「基爾之癌」暗殺活動，有執政黨內部的分裂和爭鬥，在外，地球聯邦為了換取新麗姬亞帝國的和平保證，放棄了殖民星球基爾星，新帝國在接收基爾之後將對居民施行心智控制手術，使他們成為徹底的生產工具。為逃避即將來臨的專制統治，基爾向地球大量移民；地球聯邦唯恐移民將成為反抗和顛覆社會的力量，通過了「反基爾星移民法」，並把載著六百萬移民的運輸艦在太空炸毀。活動於這些巨幅畫面之間的，是人情的糾葛：基爾總督盧卡斯的妻子唐獲姬因為丈夫的濫情而選擇了和移民艦共同毀滅，因為事先她已得到了炸艦計畫的策劃者父親的通知；在野黨女領袖姐是盧卡斯的情人，她放棄了隨盧卡斯逃往奧瑪國的機會，留下來參加抗擊帝國的作戰。盧卡斯逃亡，他事先已在國外有了大筆外匯。小說中關涉現實的政治陰謀、欺騙和無視人性的殘酷以及戰爭的陰影是死命糾纏住當代人的難以掙脫的夢魘，可見可感，它甚至已經滲透到了普通人的日常生活中去了。基爾星的宗教領袖錫利加代表非暴力的向善力量和宇宙正義的寬廣胸懷，他儘管具有用觀念動力殺人的非凡能力，在一個你死我活的血腥世界裡，卻連安身立命都不能。

張大春的〈傷逝者〉是通過調查一樁刺殺案展開的政治科幻，分辨黨派之間的誰是誰非是幼稚可笑的，因為對一切的詮釋權最後只屬於贏家。〈傷逝者〉的主旨不只是演繹此意。全進化界的安大略奉命到半進化界調查，「陌生的故鄉、陌生的逝者以及陌生的兇手都會讓他一再陷入一些他以為再也找不回來的記憶；一旦當記憶真的呈現時，又猶如映像體裡空虛的幻影，逼近到視力最清楚的極限便行消失。時間在此死亡。凡活著的，都還在大局的管制之下。」被「大局」排斥在時間之外的「廢料」是禁地「天尾洲」，它是「全高索合眾國最骯髒、最醜陋、最惡毒的地方」，「面積九百五十六萬平方公里。據說此間在太古、幽古、遠古、久古、中古各時代分別出現過高度的文明形式。」「不幸的是中古時代一連三次核子大戰都在這裡爆發以及結束，地表陷落到絕對黑暗的、絕對罪惡的極境。」這裡僅存兩種原始動物：畸人和蟑螂。安大略密訪畸人支離疏（這個名字就象徵了畸人的境遇和命運），感慨支離疏永不遺忘什麼，而「新生代的人類很快就會遺忘逝者，遺忘一切」。死掉的人是逝者，死掉的文明和傳統、死掉的全進化之前的階段，以及「天尾洲」和畸人，都是逝者，而傷逝者實質只是自憐而已！安大略恍悟到這一點，他開始「嘗試自憐」。〈傷逝者〉裡充盈著對一個國家和民族命運的憂思，其深切廣含程度幾能讓人狂嘯長歎、撕心裂肺。

葉言都的〈高卡檔案〉以正統的科幻手法，記錄了某國為對付叛亂地區實行的一個長達數十年的祕密計畫。計畫利用高卡居民重男輕女的迷信觀念，製造出一種可以控制只生男嬰的藥片，以各種方式在高卡民間散發。若干年後，高卡族因女性缺乏引起各種社會問題，不戰自敗。這種滅絕人性的行為已經超出平常的人性譴責的範圍，也許只好推給神去處理了：「神啊，饒恕我們吧！他們不知道自己在做什麼。」

鄭寶娟在〈迢迢歸鄉路〉裡，虛構了一個高科技建成的「黎明之島」，上面生活著「人不人」（human unkind，也稱做人不仁）的族類，沒有生老病死和喜怒哀樂，沒有殺戮和罪惡。人類是他們的遠祖但他們並不知道，他們沒有記憶力，不知道時間、歷史、變化、差異。無憂無慮的「人不人」中卻出了兩個「異端分子」，他們要找回失落的人性，要追究他們從何處來，於是就有了迢迢歸鄉路，「再度變回靈肉自主的獨立個體」，「揮汗建造家園，揮淚面對疾病，並以大智大勇來抵制衰老及死亡的威脅，竟從中認識了時間之美，生命因為短暫、多難而波濤萬狀，而美麗萬端，等在盡頭的死亡則增加了它的張力。」「最重要的是，人又再變為有仁的人（human-kind）了。」這篇小說讓我自然想到上海作家陳村前幾年的中篇〈美女島〉，二者在許多方面可以互相參證。

平路〈按鍵的手〉和〈迢迢歸鄉路〉可以說異曲同工。一個電腦工程師突然懷疑自己的身分，懷疑自己根本就是一部電腦或者電腦控制的機器人。小說處理的是科技異化的主題，當人性因子突然驚醒過來時，這種極端的異化勢必引起恐慌。為了證明自己不是一部電腦，他輸入各種資料求助於電腦的幫助。這種求證本身就包含了一個循環，如果人性內容必須電腦才能證明為真，那麼電腦就被推上了不恰當的法官高位，此種證明，無異緣木求魚。也正是在這裡，科技異化的人的致命性暴露出來，即使證明自己也非但無法擺脫卻反而要依靠異化的力量。異化使人就像電腦一樣，活在一個既定的程式裡，被一隻隱形的手操縱，沒有創意和自由意志，只是功能性的存在。但是，一旦意識到失落的人性內容，那麼即使明知異化的力量過於強大卻仍不放棄對於宿命的抗爭，「在這樣走不通的死胡同裡依然困獸猶鬥」，這件事本身也就算得生命所可能成就的一番意義。

黃凡〈皮哥的三號酒杯〉借一種神奇的變化，實現一個小人物對現實和自身受擺布命運的抗議；賀景濱〈老埃的故事〉表面是對無理數i潛入人體的奇思漫想，內裡卻蘊含了對現實、人生的形而上思考；柯順隆的〈塞車節〉繼承了反烏托邦主題，喜劇反諷效果成為敘述的一大特色。

武俠小說的新嘗試

武俠小說慢慢開始成為嚴肅的文學討論的話題，雅俗之分的標準在面對特別是有意識地將武俠從邊緣位置向純文學靠攏的嘗試時已經失去效用。《新世代小說大系・武俠卷》收錄十篇作品，共計才二十萬字，篇幅較短，不可能展開繁複曲折的情節，這就限制了以情節取勝的濫俗手段，較多地用力於能夠滿足更高一層審美心理要求的方面。

張大春的〈歡喜賊〉寫一批被流放到大荒之地安家落戶的造反好漢無論如何也不放棄「入門的活計，出門的工夫」，做賊犯法，蔑視習俗，反抗壓迫，就像玩兒一樣，洋溢著一種單純的生命快樂。張大春處理的是一個「對抗」的主題，卻全沒有慣常的氣氛和情緒上的緊張，舉重若輕，敘述語言俏皮靈動，一開篇就擺出一個與正統對立的「常理」：「大年下的鬧賊是個常理。我娘說得好：『誰不過年？賊可也是個人不？』」到結尾，向耀武揚威的兇殘狗官丁三喜挑戰的竟是個小孩：

我娘這時打從背後搡我一把，笑道：「你不是要報仇麼？還等什麼？過年都五歲了，還像個奶娃子似的——去啊！」

咱們歸德鄉的好漢就是這麼出身的，不是麼？我捏起那把金針，一步一步朝那座高臺走去，一面吼道：「呔！好個丁三喜——」

在讀陳裕盛的小說集的時候，他對暴力和血腥的著迷讓我想起大陸的余華。〈滅魔戰士〉歸在本就多見暴力和血腥的武俠類裡，其這方面的執著仍給人瞠目結舌之感，由此我覺察到一種強烈反人性的觀念。這篇作品用時間倒流的幻想展開故事，二十世紀的一個擊劍冠軍倒回進古代的武俠世界。在敘述中，常著意顯示出生命的深層體驗和觀念性的思考成分。

溫瑞安的〈鐵線拳〉，「武俠」只是某種古老傳統的符號。它在當代文明中被冷落的境遇與命運才是作者要探究的問題。〈漁樵〉（吳翎君）關注的是進與退、顯與隱的處世之辯，〈過河卒子〉（顏昆陽）的意味說明超越自己才是一種最高境界，「武」與「俠」只是提供了某種理趣展開的依託。

校園裡的逝水流年

臺灣文學在這一點上與大陸有很大的差別：學院出身的作家常常形成一股主幹力量，影響頗盛。從六十年代以臺大外文系為核心的「大學才子」的崛起和臺灣現代主義文學的勃興，到八十年代後期「小說族」的突進和文學再更新的大膽試驗，令人不得不把校園文化的結構和文學創作的特殊關係納入認真思考的範疇。

但是，把校園作為文學觀察的特定時空，「以校園生涯及環境背景作為創作主題」的校園小說，卻未必就取得了樂觀的成績。當然，我這個令人喪氣的看法只是在《新世代小說大系‧校園卷》這個狹窄的閱讀視野內的感受。具有校園經驗的作家在表述校園時卻往往容易膚淺地滑過，往往容易受某種既定模式的桎梏。

葉姿麟〈消逝的六五與七五之間〉卻是其中我個人感覺優秀的一篇。民國六十五至七十五年這十年間，一個人從十六歲到二十六歲，讀書、戀愛、考試……「等待過來，等待下去。」「然後茫無據點，目標淡化」，「每一次，像牆上掛的日曆，除了符號的變換，就只是一張張撕去，這樣過掉一生。」在小說裡，人生只是個時間問題，而在時間裡，你又能持久地擁有什麼，抓住什麼？「時間無時無刻融在我們四周的空氣裡消逝，每走一步就取走一些腐爛的肉和結塊的血，於是最後剩下痕跡。」「疤痕都很醜吧?!」回憶逝水流年，只是把現在和過去雙重的無奈思緒疊加在一起，變得更濃、更厚，化解不開。

在傳統主題類型上翻新及其困難

歷史、戰爭和愛情都是十分古老的主題類型，在這些主題傳統中已有的成就對於後來者可能是供應營養的寶庫，但從另外一方面講又是幾乎高不可攀的超越對象，創意的重重困難也正在這裡。讀《新世代小說大系》的這三卷，有一種非常遺憾的感覺，精彩的篇章很不多見。

《歷史/戰爭卷》給我印象較深的有林秀玲〈廩君〉、郭箏〈破城〉和鍾延豪〈高潭村人物志〉三篇。〈廩君〉是一則落基歷史情境之中的當代寓言：世居深山的廩君自幼就感覺到東方對他的難言的引力，「他渴求的是橫無際涯的大海」，於是率族人乘土船東下，中途遇鹽神，兩人相愛，延擱旅程，但後來廩君射殺鹽神，為內心的召喚而去。但是，敘述的聲音卻表示了某種懷疑：「廩君啊廩君，數十年之後，當你白髮垂老，回憶年輕時為了私心而犧牲另一條生命時，你是否會質疑生命的意義到底是什麼？你還膽敢堅持為了成全一個生命的完滿而將另一個生命踩躪的英雄行徑？」〈破城〉描述了善良的人在殘酷的環境裡是怎樣一步步地顯示出並習慣了原始的獸性，墮落的欲望被環境一步步逼出來，最後，人的獸性就和殘暴的環境相諧一致，甚至成為一體了。〈高潭村人物志〉揭示的是入侵或滲透性的異族文化造成的精神上的困惑、心靈的創傷，乃至一種奴性心理，對正常的文化自尊和志氣做了呼喚性的肯定。

讀兩卷愛情小說，得到一個非常奇怪的印象：對於正常人之間情感糾葛的描述並未喚起多大的心理和審美反應，倒是那些非正常的人與情讓人無法釋然。比如陳稼莉的〈這一夜，星兒都黑〉，寫一個男人在愛妻早逝後，合為一體的變態欲望竟使他偷偷把骨灰一口口吃下去，這種混合了殘忍、恐怖、噁心的行為引發出強烈的異樣反應，卻又很難為這種反應命名。今靈〈蝸牛〉的女主人公和自體受精的蝸牛一樣，不能接受異性之愛，卻也同樣無力同性戀，在對自我深層心理的挖掘上，小說常有驚人之筆，對此種偏離常態的深度透視同樣讓人產生無法說清的感覺。

洪祖瓊〈美麗〉的主人公美麗是個殘疾女性，可是那種在苦難中幾經砥礪的生命意志愈發閃爍著人性的光輝和喜悅，熱愛生命、渴望生活本身就是一曲動人之歌，就像那名字：美麗——「她回頭望了一眼那棟陳腐的屋子，心想，那老婦與瞎子，以為人生的屋子活該這麼陰暗，她若進門，第一件事就是買兩桶油漆，將那屋子整個漆亮。」

輯二　談張愛玲，談西西

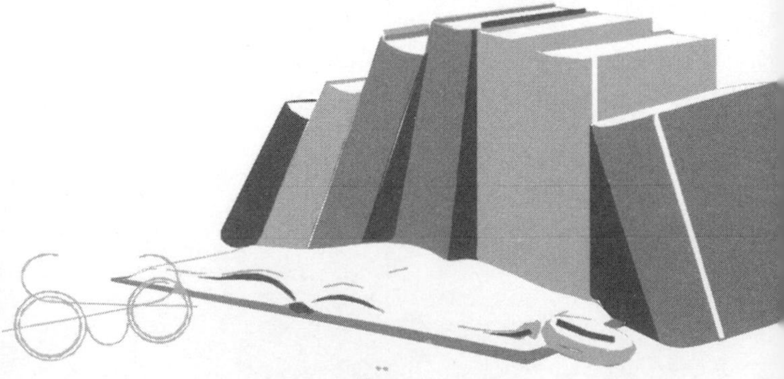

日常生活的「不對」和「亂世」文明的毀壞

——四十年代張愛玲創作中的現代「恐怖」和「虛無」

一

抗日戰爭時期的淪陷區上海，是一個「喪失主體的都市」❶，各種政治、經濟勢力和文化力量混雜交織滲透，精神和思想上的認同處於曖昧不明又苦苦掙扎的危機之中，文壇上也相應地缺乏一種主導性的潮流。恰恰就是在這樣的情形中，二十歲出頭的張愛玲傳奇般地冒出文壇，成為一九四三到一九四五年上海最為走紅的作家。傅雷當年在一篇化名迅雨的文章裡說道，「在一個低氣壓的時代，水土特別不相宜的地方，誰也不存什

❶ 參見邵迎建著，《傳奇文學與流言人生》第一章，三聯書店，一九九八年六月第一版。

麼幻象，期待文藝園地裡有奇花異卉探出頭來。然而天下比較重要的事故，往往在你冷不防的時候出現。」但傅雷並沒有對「這太突兀了，太像奇蹟了」的張愛玲現象作出非常有說服力的解釋❷。倒是很多年後，同是當時傳奇見證人的《萬象》編輯柯靈「遙寄張愛玲」，道出其中頗為耐人尋味的信息：他「扳著指頭算來算去」，新文學史上的哪一個階段，都有主導性的精神和文學潮流，「這是一種不無缺陷的好傳統」，有形無形中就會對不能與之共鳴的創作和表達產生限制和排斥；而在上海淪陷這一特定的時間和空間裡，都市主體的喪失和主導性潮流的缺乏，反倒給張愛玲提供了大顯身手的時機和舞臺❸。這樣一個新文學史上的「異數」，就是在這樣一個莫可名狀、而又分明處處透露著壓抑和焦灼的社會和精神情境中出現了。

說張愛玲是個「異數」，主要著眼於她與新文化運動和新文學潮流之間的複雜、緊張關係而言。在張愛玲接受現代教育、學習中英文寫作的階段，正是五四新文化發展到輝煌的年代，她不可能迴避新文學的巨大影響。晚年回憶胡適的時候，她說過一段感情深

---

❷ 迅雨，〈論張愛玲的小說〉，《萬象》第十一期，一九四四年五月。

❸ 柯靈，〈遙寄張愛玲〉，《香港文學》一九八五年第二期。

切的話：「我覺得不但我們這一代和上一代，就連大陸的下一代，儘管反胡適的時候許多青年已經不知道在反些什麼，我想只要有心理學家榮（Jung）所謂民族回憶這樣東西，像五四這樣的經驗是忘不了的，無論湮沒多久也還是在思想背景裡。榮與弗洛伊德齊名。不免聯想到弗洛伊德研究出來的，摩西是被以色列殺死的。事後他們自己諱言，年代久了又倒過來仍舊信奉他。」❹這幾句話很有意思，非常清楚地表明了從五四一代開始，新文化已經成為民族記憶不可分割的部分，你要背叛它就像背叛民族生命的血液；而其中「一段關於摩西的話，雖然說的是胡適的偉大，但不無反諷意義的是也影射了張愛玲本人與五四文學之間割不斷的關係。她的西方化的教育，她對人性悲劇的深刻體驗，她對大時代中小人物的悲歡離合所持的不無同情的諷刺態度，都可以證明這種文化上的血脈」❺。

不過，初出文壇的年輕張愛玲卻沒有晚年這麼中正平和，她那時也許更急於確立和

❹〈憶胡適之〉，《張愛玲散文全編》，第三〇九頁，浙江文藝出版社，一九九二年七月第一版。

❺陳思和，〈關於張愛玲現象〉，《犬耕集》，第二〇三頁，上海遠東出版社，一九九六年二月第一版。

突出自己的文化立場和文學個性，因而就不能不特別感受到身處強大傳統之中的壓抑、不安和深刻的「影響的焦慮」。在一九四四年發表的一篇題為〈談音樂〉的散文裡，她把五四運動和交響樂相提並論，說出了這麼一段既直白又有深意存焉的話：

> 大規模的交響樂自然又不同，那是浩浩蕩蕩五四運動一般地沖了過來，把每一個人的聲音都變了它的聲音，前後左右呼嘯嘁嚓的都是自己的聲音，人一開口就震驚於自己的聲音深宏遠大；又像在初睡醒的時候聽見人向你說話，不大知道是自己說的還是人家說的，感到模糊的恐怖。

接下來她甚至說，「而觀眾只是默默抵抗著」，「他們知道這音樂是會完的。」❻她碰上了「深宏遠大」的聲音遭到抑制而停歇的時機，她抓住這個時機，發出了自己的聲音。

——她自己的什麼樣的聲音？

❻〈談音樂〉，《張愛玲散文全編》，第二二〇頁。

二

與新文學啟蒙傳統下知識分子式的關注重心、敘事立場和思想方式形成相當明顯的對照，張愛玲的寫作避大就小、避高就低，日常世界裡凡俗人生的多面形態和曲折變化構成了敘述的主要內容。她的持久的瑣細的興趣，突出的捕捉細節的能力，反「新文藝腔」的言說思路、語調和方式，不但不隱諱反而理直氣壯的世俗欲望的急切表達，在在「挑戰」慣常被認為是占據了新文學史主流地位的「宏大敘事」。然而問題的意義並不到此為止，因為具有上述特徵的寫作，並不必然具備質疑和反抗現存社會秩序和文學模式的性質和能量，同樣是表現日常生活和表達世俗欲望，在一些作家那裡可能正好導致了慣常的俗套的敘述方式，因而成為一種陳詞濫調的話語生產，而陳詞濫調的話語生產，恰恰是對現存的秩序和模式的重複證明與鞏固；而在另外一種相反的情形中，卻可能導致充滿個人記憶與情感的特殊的觀念及其敘述，從而刺穿現實的表面，洞見遮蔽於這表面之下的某種黑暗情景，甚至於進一步瓦解習以為常的日常生活的秩序與規則，使得依靠這些秩序和規則而日常生活著的人們於張慌失措中產生深刻的危機。

張愛玲的敘述通常細膩真切，按照世俗人情的邏輯展開日常生活的形態、細節和微妙變化，較早的小說中，還未曾脫盡模仿或套用傳統白話小說的痕跡，到後來很快形成自己相當個性化的成熟文體和語言，得心應手地直接描述自己的觀感思緒，其間關注日常生活的細節與質地的濃厚趣味一直沒有顯露絲毫的衰減。但是在這樣人情入理、綿密細緻的敘述當中，常常會突如其來地出現另外一種令人不安的因素，具體表現為一些怪異的意象、一些感受性非常強烈的警句、一些使人醒悟然而又同時陷人於更大困惑之中的段落，它們往往是來自於敘述者主觀性的直接介入。這一類因素的介入，在文本的層面上，破壞了上下文之間聯繫的緊密性，造成了敘述的停頓或中斷；在文本所指涉的現實層面上，以給予讀者「震驚體驗」的方式，質疑和動搖了日常生活的邏輯、規則和秩序，乃至最終造成日常生活本身的斷裂。其實不妨說正是流暢、綿密、平實、合理的敘述與這種敘述中突然響起的另外一種聲音出人意料的結合，創造了張愛玲小說的現代傳奇性。

對於這樣一種結合，張愛玲是有相當自覺的意識的。一九四六年上海山河圖書公司出版《傳奇》增訂本，卷首的〈有幾句話同讀者說〉，特意花了一段文字，對封面半是描述半是闡釋：「封面是請炎櫻設計的。借用了晚清的一張時裝仕女圖，畫著個女人幽幽地在那裡弄骨牌，旁邊坐著奶媽，抱著孩子，彷彿是晚飯後家常的一幕。可是欄杆外，很突兀地，有個比例不對的人形，像鬼魂出現似的，那是現代人，非常好奇地孜孜往裡窺視。如果這畫面有使人感到不安的地方，那也正是我希望造成的氣氛。」❼有研究者稱，張愛玲的解釋「創造了兩個視線的對視，兩種經驗領域的交鋒」。一方面，晚清仕女圖被視為「家常的一幕」，從這「家常」的眼光來看，「像鬼魂出現似的」突兀的「現代人」形象——一團沒有面目的灰色塊面——屬於「奇」與「異」的範疇；但與此同時的另一面，從這現代人的眼光看出去，仕女圖「家常的一幕」又變得不那麼「家常」了，似乎是某種罕見的奇景，使人「非常好奇地孜孜往裡窺視」。「這樣，張愛玲的描述激活了一個畫面內的對於「奇幻」世界的雙重判斷和雙重期冀，從而在「室內」與「欄外」，『家常的一幕』與『鬼魂』，『傳統』與『現代』之間創造了雙重奇觀。這封面連同評語重新發掘出的是一個新奇想像力的出發點：新傳奇的想像力是一種跨越雙重界限的想像

---

❼〈有幾句話同讀者說〉，《傳奇》，第三五四頁，「中國現代文學作品原本選印」叢書，人民文學出版社，一九八六年二月第一版。

力。」❽

〈沉香屑　第一爐香〉寫的是一個青年女性一步一步屈從於誘惑，一步一步走向墮落的過程，又發表在一家鴛鴦蝴蝶派雜誌《紫羅蘭》上，很容易被看成一個充滿世情與味的都市通俗故事。類似的都市世情通俗故事其實不少讀者都有些熟悉的，經多見慣，本不會產生特別的反應，但張愛玲卻因此一炮而紅，這一事實有助於說明這篇小說不同於一般都市世情通俗作品的內在品性。表面上看來，敘述走的是日常生活中世情曲折變化發展的路子，可是規則化的、按部就班的敘述不時被打斷，因而也使得被敘述的日常生活出現裂隙，人物於一瞬間從這裂隙中瞥見的黑暗和感受到的空虛與恐怖，有可能一下子淹沒所謂正常的日常生活，原本沒有問題的日常生活也把握不住了，作家、敘述者和角色有時會同時陷入沒有著落的荒涼境地。小說寫葛薇龍第一次拜訪姑母後回來的路上，忽然感受到一種怪異的奇景：

❽ 孟悅，〈中國文學「現代性」與張愛玲〉，《批評空間的開創——二十世紀中國文學研究》，第三四八頁，王曉明主編，東方出版中心，一九九八年七月第一版。

南方的日落是快的，黃昏只是一剎那。這邊太陽還沒有下去，那邊，在山路的盡頭，烟樹迷離，青溶溶地，早有一撇月影兒。薇龍向東走，越走，那月亮越白，越晶亮，彷彿是一頭肥胸脯的白鳳凰，棲在路的轉彎處，在樹椏叉裡做了窠。越走越覺得月亮就在前頭樹深處，走到了，月亮便沒有了。薇龍站住了歇了一會兒腳，倒有點惘然。再回頭看姑媽的家，依稀還見那黃地紅邊的窗櫺，綠玻璃窗裡映著海色。那巍巍的白房子，蓋著綠色的琉璃瓦，很有點像古代的皇陵。❾

這種「日月並出」的異常情景一下子偏離了日常生活的世界，而且偏轉到了日常生活的背面，敘述再走下去，就把這背面帶到了正面，原本被習以為常的規則和感受掩蓋著的這一面陡然出現，令人感到心驚和不可捉摸的恐怖。接著突兀的「皇陵」意象，張愛玲繼續延伸葛薇龍的意識：

薇龍自己覺得是《聊齋誌異》裡的書生，上山去探親出來之後，轉眼間那貴家宅

---

❾ 〈沉香屑 第一爐香〉，《傳奇》，第一四七頁。

> 第已經化成一座大墳山；如果梁家那白房子變了墳，她也許並不驚奇。她看她姑母是個有本領的女人，一手挽住了時代的巨輪，在她自己的小天地裡，留住了滿清末年的淫逸空氣，關起門來做小型的慈禧太后。薇龍這麼想著：「至於我，我既睜著眼走進了這鬼氣森森的世界，若是中了邪，我怪誰去？……」⑩

這樣的敘述是張愛玲典型的「現代鬼話」，它特別引人注目地揭示出人物意識的驚覺，但是在張愛玲的小說中，通常這樣的驚覺只是轉瞬即逝，意識又重新回到日常生活的情理和邏輯之中繼續發展，就像葛薇龍，她一轉念，就想，只要自己「行得正，立得正」，就不會在這「鬼世界」裡「中邪」。可是當敘述沿著日常生活的邏輯和情理發展到極端，人物被逼入生存的絕境，再也「回不去了」的時候，這才發現曾經有過的轉瞬即逝的驚覺才暗示和預兆了真相，而日常的邏輯、規則、情理——既為小說人物的行為選擇所遵循，也是小說總體敘述環環相扣、得以完成的憑藉——最終顯現為虛妄。

像〈金鎖記〉這部名篇，寫曹七巧的一生，從日常經驗和細節著筆，卻寫出了一個

---

⑩〈沉香屑　第一爐香〉，《傳奇》，第一四七頁。

極端扭曲和變態的形象。曹七巧的每一點變化，不是憑空而來，差不多都能夠找到現實的因由和依據，因而她的每一步變化看上去差不多都是可以理解的——說到底，敘述一個人物一步一步發展到極端病態的過程，差不多也就是解釋這個人物病態化的過程，再簡單一點說，敘述差不多也就同時是解釋。如果敘述解釋了一切，那麼最終，當曹七巧變態的瘋狂推到極致的時候，敘述就不會產生出強烈的震驚感和恐怖體驗，因為這一切應當被敘述的解釋性消化了。事實正好相反，最終，曹七巧的變態瘋狂仍然具有強大尖銳的衝擊力，仍然不可能被全部理解和有效消化，而突出出來令人長久無法定神安心的，卻是「無緣無故的」震驚和恐怖——「世舫回過頭去，只見門口背著光立著一個小身材的老太太，臉看不清楚，穿一件青灰團龍宮織緞袍，雙手捧著大紅熱水袋，身旁夾峙著兩個高大的女僕。門外日色昏黃，樓梯上鋪著湖綠花格子漆布地衣，一級一級上去，通入沒有光的所在。世舫直覺地感到那是個瘋人——無緣無故的，他只是毛骨悚然。」⓫這樣，回過頭來，重新看待小說敘述的解釋性，就能夠發現，在比較明顯的層面上，敘述一直在進行著使瘋狂的因素合理化的工作，一直在試圖把扭曲和病態的變化還原為可

⓫〈金鎖記〉，《傳奇》，第五三至五四頁。

解釋性的日常經驗的因素，小說情節發展的連貫性和曹七巧人生內容發展的連貫性由此得以保障；然而，累積的合理化工作最終卻並不足以抵抗瘋狂因素的累積，也就是說，看起來似乎一直很成功的合理化工作是以失敗告終的，這可以更直接地表述為：瘋狂不可能被徹底合理化。不可能被合理化的部分，即是「沒有光的所在」。到這裡，就可以看到這種敘述出人意料的效力：正是敘述的合理化、日常經驗化的失敗，誕生了現代傳奇。

張愛玲小說與一般世情小說的表面上的極大相似性，給大部分讀者造成一個印象，以為能夠寫出如此情景故事的人一定人情練達，世事洞明。這多半是個錯誤的假象。《傳奇》世界表面上的涉世之深，並不得自於作者的深諳世故，實際上倒是常常依賴於從《金瓶梅》、《紅樓夢》到《歇浦潮》、《海上花列傳》等傳統小說的幫助，影響張愛玲創作的這些「潛在文本」，同時也使創作小說時的她顯得比實際上更富於人生經驗；但她在小說中更突出、更重要的表現，倒並不在諳於世道人心這一方面，而在於形諸特別筆墨的青年人初次從正常世界的裂縫中瞥見黑暗深淵的震驚、錯愕、絕望和恐怖——敘述這一切的作者，也就是一個特別敏感的二十出頭的女子。〈沉香屑 第一爐香〉所構築的葛薇龍和「鬼世界」的關係及其發展變化是一個非常典型的例子。一開始，對於這個「鬼世界」

來說，葛薇龍是一個外在的視角，所以她還能夠強烈感知這個世界的「鬼氣森森」，除了上面引述的兩段文字，還有更早出現的恐怖感受，那是在小說開篇不久，她第一次見到姑媽：「扶了鐵門望下去，汽車門開了，一個嬌小個子的西裝少婦跨出車來，一身黑，黑草帽沿上垂下綠色的面網，面網上扣著一個指甲大小的綠寶石蜘蛛，在日光中閃閃爍爍，正爬在她腮幫子上，一亮一暗，亮的時候像一顆欲墜未墜的淚珠，暗的時候便像一粒青痣。那面網足有兩三碼長，像圍巾似的兜在肩上，飄飄拂拂。」⓬這時葛薇龍的感受十分清晰、清醒，她眼睛裡的姑媽簡直如厲鬼一般。可是當她不由地受了這個「鬼世界」的蠱惑，自己進入了這個「鬼世界」以後，一切就變得模糊曖昧起來，她的判斷和抵禦能力也逐漸喪失了，最終自己也成為這個世界的一分子。

表面上看來，葛薇龍以及張愛玲小說中其他那些一步一步踏進「鬼世界」的人物，他們/她們的選擇是自主自願的，而且隨時可以反悔，但事實卻是，一旦進入這個「鬼世界」，不僅現實的規則被扭曲變形，現實的情理變得荒謬不倫，更致命的是，人的主體性被剝奪和喪失了，哪裡還能夠脫身而出。在張愛玲的小說中，始終「清醒」、「純潔」

⓬〈沉香屑　第一爐香〉，《傳奇》，第一三八至一三九頁。

的角色和旁觀者是不存在的，就連敘述者——作者的化身也常常陷入一種極深的曖昧之中，這或許可以表明，張愛玲那種「人們還不能掙脫時代的夢魘」⑬的強烈的現實意識，也正是她所創造的小說世界的一個顯著特徵，而她自己，不論是在現實中還是在虛構的世界中，也就是這「人們」中的一員。

借助於「現代鬼話」，借助於「在傳奇裡面尋找普通人，在普通人裡尋找傳奇」⑭的敘述意圖及其具體展開，張愛玲在「日常生活」和「時代的夢魘」之間建立起了有機的現實聯繫。日常世界並不可能將時代的特徵隔絕在外，在「時代的夢魘」之中，並不可能存在一個安穩自在的日常世界——

> 這時代，舊的東西在崩壞，新的在滋長中。但在時代的高潮來到之前，斬釘截鐵的事物不過是例外。人們只是感覺日常的一切都有點兒不對，不對到恐怖的程度。人是生活於一個時代裡的，可是這時代卻在影子似地沉沒下去，人覺得自己是被

⑬〈自己的文章〉，《張愛玲散文全編》，第一一五頁。

⑭這是張愛玲對小說集名叫《傳奇》的解釋，題寫在《傳奇》的扉頁上。

拋棄了。為要證實自己的存在，抓住一點真實的，最基本的東西，不能不求助於古老的記憶，人類在一切時代之中生活過的記憶，這比瞭望將來要更明晰、親切。於是他對於周圍的現實發生了一種奇異的感覺，疑心這是個荒唐的，古代的世界，陰暗而明亮的。回憶與現實之間時時發現尷尬的不和諧，因而產生了鄭重而輕微的騷動，認真而未有名目的鬥爭。⑮

這一段話可以和張愛玲對《傳奇》增訂本封面進行解釋的那段話參照，使我們對那段話的理解更具體、深入、可感，也就是說，更具有現實性。在張愛玲看來，處在這種混雜、沉重、「不對」的現實境況中的文學，要產生「大氣磅礴的，象徵一個將要到的新時代」的作品，是不可能的，概而言之，就是「因為人們還不能掙脫時代的夢魘」。

三

在張愛玲的意識中，時代的性質不僅處在方生未死的狀態、夢魘般的曖昧不明糾結

⑮〈自己的文章〉，《張愛玲散文全編》，第一一四頁。

難纏之中，更為嚴重的是，其中蘊含著根本性的危機和個人完全無法挽救與抗衡的大頹勢。〈「傳奇」再版的話〉第一段，張愛玲似乎是高高興興、沒心沒肺地嚷著：「呵，出名要趁早呀！來得太晚的話，快樂也不那麼痛快。」可是這興奮還沒來得及展開，緊接著的催促聲音就把它一掃而光：「快，快，遲了來不及了，來不及了！」恍惚間，彷彿T.S.艾略特〈荒原〉第二部分裡反覆回響的催促聲擴大到了一個漢語文本裡：「時間到了，請趕快／時間到了，請趕快。」這並非一個偶然無稽的聯想，張愛玲「來不及了」的內心聲音正根植於她個人在自己身處的時代中產生的「荒原」意識——怕人不容易理解，所以她特別申說道：「個人即使等得及，時代是倉促的，已經在破壞中，還有更大的破壞要來。有一天我們的文明，不論是昇華還是浮華，都要成為過去。如果我常用的字是『荒涼』，那是因為思想背景裡有這惘惘的威脅。」她甚至進一步去設想「天玄地黃，宇宙洪荒，塞上的風，尖叫著為空虛所追趕，無處可停留」的情景，還設想「將來的荒原下，斷瓦頹垣裡」什麼樣的人才能活下去的問題⑯。

張愛玲一九四四年寫下這些話的時候，世界大戰的炮火仍然不肯熄止，現實的情境

⑯〈「傳奇」再版的話〉，《傳奇》，第三四九至三五一頁。

顯然不斷刺激著她此前親身遭受的香港戰爭的痛苦經驗，使得這種經驗一直居留在思想意識的核心區域，形成深刻的影響。「圍城的十八天裡，誰都有那種清晨四點鐘的難挨的感覺——寒噤的黎明，什麼都是模糊，瑟縮，靠不住。回不了家，等回去了，也許家已經不存在了。房子可以毀掉，錢轉眼可以成廢紙，人可以死，自己更是朝不保暮。像唐詩上的『凄凄去親愛，泛泛入煙霧』。可是那到底不像這裡的無牽無掛的空虛與絕望。人們受不了這個，急於攀住一點踏實的東西，因而結婚了。」⑰雖然港戰不過是大規模世界戰爭的一個小插曲，但是對於在讀大學期間感受到它「切身的，劇烈的影響」的張愛玲來說，已經足以從戰爭撕開的浮文的裂口中窺見人性中的黑暗力量，文明豈止約束不住它，文明本身已經在它的爆發中毀壞了。文明的毀壞不能不使得與之緊密相連的現代性時間觀破產：線性的、連續的、進步的、無限的、不可重複的時間觀不能不作廢了，歷史等於時間，時間等於進步的文明信念不能不幻滅了。港戰使張愛玲體會到時間的終結：戰爭之後的一切，都不過是「燼餘」而已，沒有文明來賦予意義，就只能陷入「無牽無掛的空虛與絕望」。處在這種文明毀壞的境地中的感受，〈傾城之戀〉裡作了非常出

⑰〈燼餘錄〉，《張愛玲散文全編》，第五三頁。

色的描述：

在劫後的香港住下去究竟不是長久之計。白天這麼忙忙碌碌也就混過去了。一到晚上，在那死的城市裡，沒有燈，沒有人聲，只有那莽莽的寒風，三個不同的音階，「喔……呵……嗚……」無窮無盡地叫喚著，這個歇了，那個又漸漸響了，三條駢行的灰色的龍，一直線地往前飛，龍身無限制地延長下去，看不見尾。「喔……呵……嗚……」……叫喚到後來，索性連蒼龍也沒有了，只是三條虛無的氣，真空的橋梁，通入黑暗，通入虛空的虛空。這裡是什麼都完了。剩下點斷堵頹垣，失去記憶力的文明人在黃昏中跌跌絆絆摸來摸去，像是找著點什麼，其實是什麼都完了。⑱

這種「什麼都完了」的虛空，在小說裡被描述為流蘇在夜晚的清醒中所感知的存在的真相。「白天」人還可以用「忙忙碌碌」來「混」過去，到了晚上，就無法不直接面對

⑱〈傾城之戀〉，《傳奇》，第一〇二至一〇三頁。

虛無的威脅，無法迴避尖銳的痛苦和真實的處境。〈傾城之戀〉裡的流蘇和柳原，本來不過是一對平凡的男女，各有各的小心計、小打算，他們之間互相逃避對方的「捕獲」又想「捕獲」對方的「上等調情」，雖然糾結著現實的因素，但大都不過是世俗現實的自私考慮罷了，絕不至於為人類文明毀滅這樣的根本問題所困的。但張愛玲讓他們在散步的時候撞到了一堵灰磚砌成的牆：「柳原靠在牆上，流蘇也就靠在牆上，一眼看上去，那堵牆極高極高，望不見邊。牆是冷而粗糙，死的顏色。她的臉，托在牆上，反襯著，也變了樣——紅嘴唇，水眼睛，有血，有肉，有思想的一張臉。柳原看著她道：『這堵牆，不知為什麼使我想起地老天荒那一類的話。……有一天，我們的文明整個的毀掉了，什麼都完了——燒完了，炸完了，坍完了，也許還剩下這堵牆。流蘇，如果我們那時候在這牆根底下遇見了……流蘇，也許你會對我有一點真心，也許我會對你有一點真心。』」⑲這是張愛玲小說中最著名的段落之一，經常被引用，可是在這個香港故事的情境中，它的出現頗為突兀，范柳原玩世不恭的形象出人意料地展現了精神上的深度和可感性——在此之前他還一直是個精神上模糊不清的人物。其時港戰還沒有爆發，這樣的存在感受

⑲〈傾城之戀〉，《傳奇》，第八一頁。

與其說是顯示柳原的預見性，還不如說是透露深在他內心的虛無恐懼，這種深在的虛無的恐懼是他遊戲人生的底子，也正是為了抵抗這種虛無的恐懼，他要在「什麼都完了」的時候抓住「一點真心」，獻出「一點真心」。忙於現實打算的流蘇自然聽不懂柳原的話，張愛玲自身在戰爭經驗中深切體會的文明毀滅的虛無感受和思想，在這篇小說中先是賦予柳原，後來，等到戰爭發生，歷經生死大劫之後，才讓流蘇產生精神上的覺悟，這個時候，「牆」的意象第二次出現，死寂的城市的夜晚，「流蘇擁被坐著，聽著那悲涼的風。她確實知道淺水灣附近，灰磚砌的那一面牆，一定還屹然站在那裡。風停了下來，像三條灰色的龍，蟠在牆頭，月光中閃著銀鱗。」⑳無生命的「牆」見證了文明的毀滅，而在洪荒世界的月光下閃爍的「三條灰色的龍」，流蘇的意識已經明白，「只是三條虛無的氣」。

張愛玲對文明毀壞後的虛無體驗和末日情景描述，其實也是第一次世界大戰以後的西方現代文學的一個重要主題，除了上文提到的T. S. 艾略特的長詩〈荒原〉，其他可以溝通參證的作品自然也不在少數，譬如張愛玲所熟悉的勞倫斯的小說，還有她所特意說

⑳〈傾城之戀〉，《傳奇》，第一〇三頁。

起的威爾斯（H. G. Wells）反烏托邦的悲觀預言：「所以我覺得非常傷心了。常常想到這些，也許是因為威爾斯的許多預言。從前以為都還遠著呢，現在似乎並不很遠了。」㉑這一方面可以做深入細緻的求同求通的研究㉒；另一方面，針對一般而言不具有徹底虛無感受和整體性文明末日意識的中國文學來說，張愛玲創作的獨特貢獻就顯現出來。

但張愛玲畢竟是中國的現實和文化環境中的作家，在經歷戰爭對人類文明的強力摧毀之前，她從小就深切感受著已經走到末路盡頭的中國傳統文明的衰朽、腐爛、封閉、乖戾和最後的瘋狂。所謂的中國傳統文明，到她能夠親身體會的時候，已經只是一個散發著前朝黴濕氣味的舊家庭的情景，她的自傳性散文〈私語〉，毫不掩飾地描述了她在其中找不到家的感覺的家：她出生的房子裡留下了一種瀕死文化的太多的回憶，「有太陽的地方使人昏睡，陰暗的地方有古墓的清涼。房屋的青黑的心子裡是清醒的，有她自己的一個怪異的世界。」「父親的房間裡永遠是下午，在那裡坐久了便覺得沉下去，沉下去。」

㉑〈「傳奇」再版的話〉，《傳奇》，第三五一頁。

㉒據筆者所見，劉志榮尚未出版的張愛玲研究專著的第一章〈時間的終結：遭遇虛無〉就對張愛玲和威爾斯的作品進行參照比較，有相當詳實的論述。

這其實是一個夢魘的世界，在張愛玲的敘述中，當父親把她監禁起來以致差點病死的時候，拖著新一代「沉下去」的衰朽文明就暴露出了可怕的歇斯底里的瘋狂：「我生在裡面的這座房屋忽然變成生疏的了，像月光底下的，黑影中現出青白的粉牆，片面的，癲狂的。」「Beverly Nichols 有一句詩關於狂人的半明半昧：『在你的心中睡著月亮光』，我讀到它就想到我們家樓板上的藍色的月光，那靜靜的殺機。」[23]張愛玲世俗人情小說中裂開的黑暗縫隙，乃至它所造成的對世俗人情世界的顛覆，都緊密聯繫著她個人的成長經驗。

從父親的家裡逃出來，逃到母親的家，這是完全不同的另一個世界。張愛玲的母親是受五四影響甚深的新女性，她毅然離開吸毒蓄妾的遺少丈夫，長年遠遊域外，孤身奮鬥一生。「這是一個極其有光彩的中國女性。可是這種光彩，是以犧牲子女對母愛的渴望為代價的。其代價的結果，是張愛玲本能地背離了她母親的道路、文化和人生追求。……張愛玲的獨特性格和文學成就，可以說，正是她母親的反面。」[24]在母女短暫相處的時

[23] 〈私語〉，《張愛玲散文全編》，第一二九、一二八、一三一頁。

[24] 陳思和，〈讀張愛玲的「對照記」〉，《寫在子夜》，第二三二至二三三頁，上海人民出版社，一

間裡，母親西方近代文明色彩濃厚的教育計畫是「一個失敗的經驗」，使正處在惶惑青春期的少女「思想失去均衡」，同時也失去對母親的家的親切柔和的感覺。「常常我一個人在公寓的屋頂陽臺上轉來轉去，西班牙式的白牆在藍天上割出斷然的條與塊。仰臉向著當頭的烈日，我覺得我是赤裸裸的站在天底下了，被裁判著像一切的惶惑的未成年的人，困於過度的自誇與自鄙。」㉕

「赤裸裸的站在天底下」的意象，切膚般地表達出了失去一切依傍的存在體驗，個人必須單獨面對生命的虛無和不可知的命運。從父親的家到母親的家，從沒落的中國傳統文化到不能產生親和力的西化的文明方式，在張愛玲對自己成長經驗的回顧中，無家可歸的感受最為深重和突出。不過，這種感受雖然從個人的痛切經驗中得來，張愛玲卻並不過度強調它的個人性，而是把它看成一個時代的人的普遍的遭遇。這樣的時代，她從中國人的社會文化觀念裡借來一個詞，稱之為「亂世」。她說：「亂世的人，得過且過，沒有真的家。」㉖不多久，她又身歷香港戰爭，目睹了人性黑暗力量的爆發對人類文明

九九六年九月第一版。

㉕〈私語〉，《張愛玲散文全編》，第一三三至一三四頁。

的毀壞。西方觀念上的末日意識和中國文化裡的亂世感在她的思想裡糾結纏繞在一起，發酵出現代中國特殊的虛無形態。

這種特殊性表現在虛無與日常生活的連接上，雖然連接得異乎尋常的緊密，通常卻並不顯現出來。張愛玲的作品和作品中的人物關注現世的快樂、瑣細的趣味、平凡的人情物理、可以計算的小小的物質利益，諸如此類，不過是「亂世的人」，用「得過且過」的方式對付虛無的人生底子罷了。除此之外，這些渺小、自私的男女，還能有什麼更超然的辦法？其實心底裡都清楚，因為有這個虛無的黑底子的威脅，快樂的現世是不能長久的，再平凡、再循規蹈矩的日常生活也是不安穩的。所以得以超常的熱情去抓住一切可以抓住的實在的東西。

這種虛無的精神上的啟示，張愛玲曾經描述為一種擴大的「身世之感」。一九四五年，她在一篇文章的最後寫道：「我一個人在黃昏陽臺上，驟然看到遠處的一個高樓，邊緣上附著一大塊胭脂紅，還當是玻璃窗上落日的反光，再一看，卻是元宵的月亮，紅紅地升起來了。我想道：『這是亂世。』晚煙裡，上海的邊疆微微起伏，雖沒有山也像是層

㉖〈私語〉，《張愛玲散文全編》，第一二〇頁。

巒疊嶂。我想到許多人的命運，連我在內的；有一種鬱鬱蒼蒼的身世之感。『身世之感』普通總是自傷、自憐的意思吧，但我想是可以有更廣大的解釋的。將來的平安，來到的時候已經不是我們的了，我們只能各人就近求得自己的平安。」㉗經由這樣一種推己及人的蒼茫的「身世之感」，張愛玲深切體驗的虛無裡，不經意地透露出一種動人而平靜的、寬廣而有著落的悲憫情懷。這是張愛玲極少表露的，她更多表露的是她的聰明才智，尖酸刻薄，老練，洞見，興致盎然的趣味，沒心沒肺的快樂……可是在心底裡，她何嘗不真心牽繫著那些和自己一樣在日常生活的「不對」和人類文明的「毀壞」中掙扎求生的人們。

㉗〈我看蘇青〉，《張愛玲散文全編》，第二七二至二七三頁。

傾城情未了　盛世人飛灰

——兩個香港故事的參照閱讀筆記

參照閱讀的發生

依小說家言，四十年代初，香港的陷落與一個女人的情感追逐有莫大關係：它成全了她；或者，在這不可理喻的亂世，孰因孰果殊難分辨，「也許就因為要成全她，一個大城市都傾覆了。」——傳奇也好，圓滿的收場也罷，時間才不在乎這許多，只顧一路往下流。炸毀的城市不僅重建，而且愈發繁華奢靡、眼花撩亂；而恩怨情仇的戲劇，總也不斷地上演，因為一代又一代的人出生長大，「青春是不稀罕的」。但是如果誰想站在白流蘇和范柳原之間，站在〈傾城之戀〉的那一片時空中，順著時間往下看，想看看四十年後的人與事，怕還真有點難，「一年又一年的磨下來，眼睛鈍了，人也鈍了」，這是沒法的事，況且所謂的「預見」之類的才能，最多只能說個輪廓，往細裡、往深處去，就語焉不詳了。好在我們是後來者，「予生也晚」的好處就是可以逆著時間向上望，隔了四十年的路，今昔參照，於今於昔，可能都會多一份理解，多一點領悟。

所以，如果把〈傾城之戀〉與〈盛世戀〉參讀，從文學史的序列上來說，是因為有了後者才可能發生的，讀到〈盛世戀〉，往上找，找到了早就存在的〈傾城之戀〉。而不可能的是，我們讀了〈傾城之戀〉，在〈盛世戀〉還沒有問世之前，就預定這樣一個作品。強調這一點看來近乎饒舌，實際上卻可能道出了參讀情形中通常被忽略掉的一個「發生」前提，它提示著在一般理解的「文本間性」之外的一種「事實」。

城市：時間性的與角色的

〈盛世戀〉的作者黃碧雲，一九六一年出生於香港（恰好比張愛玲少四十歲，與兩個作品之間的年齡差距基本相當），香港中文大學畢業，主修新聞及傳播；後於巴黎第一大學讀法文及法國文化課程。曾任記者、編劇等，為香港報章雜誌自由撰稿，出版有散文集《揚眉女子》（香港博益出版集團公司，一九八七年十月版）等。

張愛玲一九三九年入香港大學讀書，太平洋戰爭爆發後不得已回到上海。一九四三年九月寫成《傾城之戀》。

不管是土生土長，還是短暫的客居，兩個作家寫她們各自的香港故事，基本上都放在即時的、當下的經驗中，時間性是非常明顯的。也正是因了時間的距離，使一個香港，差不多變成了兩個香港。

我向來對文學的地域主義以及其他種種劃疆劃界的主張頗不以為然，一般來說，這些都不過是保守性的、防禦性的狹隘心態的據點。但這裡我又偏偏把兩個香港故事「捉置」一處，出於什麼樣的考慮呢？

一、兩篇小說參讀，香港作為一個空間概念的重要性就大大地遜色於時間性的存在，它更是時代內含的象徵，透露時間性的內容。參照閱讀不是對兩個文本閱讀的簡單相加，它必須產生出一種新的經驗，帶動一種新的變化，否則所謂的「參照」就徒有虛名。在單個作品的閱讀中，香港主要是一個空間概念；兩個作品參照閱讀，其時間性的存在被自覺的意識看重。

二、在這兩篇小說中，如果僅僅把香港理解成故事發生的背景，是不夠的。香港不僅僅是一座大舞臺，供人間戲劇上演，它還是一種作用於人與事的莫名力量，如果沒有這莫名的力量，白流蘇與范柳原之間，程書靜與方國楚之間就可能完完全全是另外一種情形。因此，我們甚至可以說，香港還是一個角色，那莫名的力量如果一定要有個名字，就叫「香港」。單只是這一點，就不容人把〈傾城之戀〉與〈盛世戀〉當成一般的作品來看待。

既然城市被作為時間性的存在和角色突出出來，那麼在涉及城市與人的關係時，就主要是指人在其時代（時間）中的境況和人與一個角色的關係。以此作為理解作品的基礎，而又不必膠柱於此，我們就盡可以來看那兩種戀情了。

故事（一）：白骨之前，何事不煙消雲散

白流蘇離婚在家，時間久了，娘家的人也沒有好聲氣，況且白公館又是個不死不活的所在。一個女人，沒有婚姻保障，吃飯都成問題。所以她見了范柳原，就想抓住他，哪怕他只是根稻草。范柳原不似稻草般無用，卻像泥鰍，弄不好非但抓不住，還汙了身

名。於是在兩個人之間，鋪展開來的是「上等的調情」與追逐——「頂文雅的一種」。

很難說這裡面有多少「愛情」，但我們不是也很難說「愛情」是什麼嗎？彷彿是不食人間煙火、不為凡俗所累的人才可以討論愛與不愛的問題，但在〈傾城之戀〉裡，卻偏偏是人間煙火才「逼」出了「愛情」。從淺水灣飯店過去一截路，有一堵牆，范柳原道：「這堵牆，不知為什麼使我想起地老天荒那一類的話。……有一天，我們的文明整個的毀掉了，什麼都完了——燒完了，炸完了，坍完了，也許還剩下這堵牆。流蘇，如果我們那時候在這牆根底下遇見了……流蘇，也許你會對我有一點真心，也許我會對你有一點真心。」說穿了，「他不過是一個自私的男子，她不過是一個自私的女人」，但戰火卻使他們有一剎那的徹底的諒解，「彼此看得透明透亮」，「然而這一剎那夠他們在一起和諧地活個十年八年」。「在這兵荒馬亂的時代，個人主義者是無處容身的，可是總有地方容得下一對平凡的夫妻。」

調情與追逐的遊戲以一個圓滿的婚姻收場，而這竟是由於對所處時世的一種徹悟，朝不保夕，何必計較、認真呢？此類徹悟竟導致圓滿的結局，也就難怪圓滿之後，張愛玲還讓「胡琴咿咿啞啞拉著，在萬盞燈的夜晚，拉過來又拉過去，說不盡的蒼涼的故事

——不問也罷！」

兵荒馬亂如此便也罷了，可是盛世，人也一樣灰飛煙滅。程書靜沒有白流蘇那樣實際的考慮，吃飯啦，歸宿啦，等等，還有性方面的「隨便」(？)也決非白流蘇敢想，畢竟時代不同。方國楚在「不覺得對任何女人有下決定的必要」這一點上頗類范柳原。但是他們也差不多是由於有了一種與四十年前的戀人同樣的「徹悟」，居然就結婚了。前十分鐘兩人還在彆扭，這一分鐘書靜還在心裡翻來覆去想不清他愛她還是不愛，接著就目睹了一次車禍——

……那小伙子尚掙扎一下，又伏下，露出了白骨森森的手。在陽光下，那白骨極潔淨。塞著的車子都很安靜，警察沒來，大家都很平靜，繞著這白骨，等什麼，待什麼。……書靜還禁不住看著那白骨，她以為自己在作一個明亮的噩夢——白骨之前，何事不煙消雲散，豈容你嬌貴。……——生命何其短暫，相逢何其稀罕，千思萬想，萬般癡纏，在這白骨之前，都是一場虛話——方國楚說：「第二大謊話是：我愛你。我只愛你一個。」——虛話與否都不重要，何事不是鏡花水月，在白骨之前，或許最固執之人也會甘願受騙。方國楚轉過身來，一手靠著駕駛盤，笑說：「妳要不要聽世上最大的謊話？」書靜始終看著那白骨森森的手，擱著駕駛盤上——她什麼也無所謂了。方國楚說：「妳和我結婚，好嗎？」書靜輕輕地握著自己的手，是感到血與肉。不外是血肉之軀。或許就是這樣。婚姻。有什麼關係呢。此身不外是血肉。她說：「好。」——她始終沒有轉頭來看他。

故事（二）：走不完的長廊

白流蘇婚姻的成功是不是最後的圓滿，頗讓人擔心。但張愛玲亦何嘗不諳世情百態，只是蒼涼的故事，不問也罷。某種意義上，〈盛世戀〉正是接著〈傾城之戀〉往下寫，〈傾城之戀〉不問的問題，〈盛世戀〉偏要問下去。

程書靜和方國楚結婚了，就在簡單的結婚儀式上：

書靜離他們遠遠，靠著屏風上，一身素白。她忽然覺得做喪與做喜原來差不多，都是一門絕望的熱鬧。

方國楚在大學教社會學，是七十年代香港最紅的託派，這一輝煌的歷史而今只是夾在相冊裡罷了，難得一翻。也不怨他一個人不再有激情，當年一起搞中文運動、保釣的戰友，現在不也是弄弄色情雜誌，或做逗人取樂的戲子嗎？偶爾湊到一起，牌與麻將而已。立業成家後，方國楚唯一可做的就是發胖，婚姻生活就是：「有時候他們作愛，有時候不」，光景無聊。

程書靜跟方國楚讀社會學，諷刺的是經驗教給她的社會學，她苦笑說：「馬克思說婚姻是制度化賣淫，原來他是對的。」想當年范柳原抵制白流蘇的婚姻追求，就說：「根本妳以為婚姻就是長期的賣淫」，白流蘇還覺得受了極大的侮辱。今夕何夕，今世何世，程書靜自己就體味到了。

程書靜承認，與方國楚相比，任何年輕男子都是一個誘惑，比如鍾意她的周祖兒。但一群年輕人熱熱鬧鬧地享受人生，喝酒，跳舞，這熱鬧又何其虛浮。回到方國楚身邊，又覺他毫無熱情，那麼就讓他去完了，去沉淪，而自己去燃燒。夫妻同甘共苦，那不過是老話罷了。程書靜再找周祖兒，哪知開門的卻是散髮殘妝、只著小衣的女郎，就掉頭便走。「書靜只是急步，走不完那長廊：如紅拂女出奔，一生一世，盡繫一念之間。此一念彼一念，全盤皆落索。」全盤皆落索——不甘心就此完了，卻無從燃燒，便知一切都是徒然。

小說從程書靜的視角著墨較多，也許因為作者是個女性；〈傾城之戀〉也是這種情況。好在沒有取此單一視角，使我們也能夠略知男性主人公眼中的世界與人生。方國楚煩惱的是，程書靜這樣的女人，天天打啞謎，情緒變幻無端，「但覺這是凶宅，這女人飄來飄去，無跡可尋」，卻又「陰魂不散」。「或許自己擔待她不周全，但她豈不同樣肆意專橫？」軟的硬的都使不上，徒增苦楚。方國楚想，「生活裡太多的事情，來去都非人所能掌握。」當年范柳原曾對白流蘇說過類似的話，生離死別之類的大事，非人能支配，比起外界的力量，人太渺小，做不了主。白流蘇把這話當成心計的表現，逃避婚姻的藉口，一肚子不高興。范柳原如此感慨時，也不比方國楚的沉痛、無奈與不堪。

精神戀愛小論

方國楚不懂程書靜的煩惱，可比白流蘇把不準范柳原的情形。四人之間，倒是范柳原與程書靜比較相通，白流蘇與方國楚比較接近。白流蘇的目標清清楚楚，就是要結婚；方國楚呢，把結婚看成是人生的一件事，做完了就做完了。兩個人都挺「實際」。范柳原與程書靜卻要求不一定那麼看得見、摸得著的東西，簡言之，精神戀愛。

精神戀愛一般與肉體之愛相對，好像互相排斥似的。其實，到了二十世紀四十年代，進而至八十年代，精神戀愛的意思就不一定還保持「純粹」到與肉體無涉的程度，只不過比較講求精神性的東西罷了。這樣看，生活中的精神戀愛倒是隨處可見，不一定非要拉扯上古人柏拉圖什麼的，也不必冷嘲熱諷曰禁欲主義之類。

但戀愛一講到精神，就是很麻煩的事，「人人都關在自己的小世界裡」，別人撞破了頭也不一定就能拖進去，哪裡就容易理解呀、和諧呀、共鳴呀，等等。范柳原急得「吼」起來（在我的感覺中，他是在「吼」）：「我要你懂得我：我要你懂得我！」可是連他自己也不懂自己，明明心裡已經絕望，還要哀懇別人。程書靜打啞謎，乾脆不說，絕望得徹底，方國楚就徹底的「無跡可尋」。

白流蘇是個聰明女人，關於精神戀愛也有一個聰明的想法——

精神戀愛的結果永遠是婚姻，而肉體之愛往往就停頓在某一階段，很少結婚的希望。精神戀愛只有一個毛病：在戀愛過程中，女人往往聽不懂男人的話。

這後一點是說準了；說精神戀愛的結果是婚姻，頗具洞見——但是白流蘇沒往下想，因為她只要到婚姻就可以了；結了婚，精神戀愛並不結束，這豈不是很難為人的事情？白流蘇是不用想這些了，反正難為的是程書靜和方國楚。

故事（三）：此去形蹤不見

受不了與時間同在的難為，程書靜與方國楚離婚了，書靜提出來的，好離好散。是不是可以把〈傾城之戀〉裡的那句話改成這樣：太平盛世，個人主義者要的是個人主義，難得甘願做一對平凡的夫妻，時代就難得有地方容得下庸常的婚姻了。從簽字的律師事務所出來，書靜輕輕拉一下方國楚的衣袖，問：「方先生，你快樂嗎？」方國楚說問這樣的問題該去念文學、哲學，但書靜記得初識時他說她該去念家政——

方國楚摸一下她的額，說：「算是小孩子脾氣。我這樣無心的說話還要記著。」此時綠燈亮起，方國楚急急的過路，在人潮中，他沒有發覺沒了書靜，書靜站著，扶著安全島的指示牌，低聲說：「你是我愛的人，我怎會記不得呢？」但她愛的人已去了。這樣一個盛夏的中午，這樣的紅綠燈交叉站，這樣的千人萬人，她愛的人已經遠去——書靜緊緊地抓住指示牌，但覺滑不留手，她使著力的握著拳頭；她有的只是這些——熱情往往在事情過去以後一發不可收拾。紅燈綠燈，第一次，書靜哭了。

但是天氣極熱，洶湧的眼淚一陣子就乾了，除了臉上覺得癢癢的，便什麼也沒有：

這城市何等急速，連一滴眼淚留在臉上的時間也沒有。綠燈亮起，書靜便挺著肩，走入人叢裡，不見形跡。

人與城市

白流蘇初到香港，船靠岸，在甲板上看光景：「那是個火辣辣的下午，望過去最觸目的便是碼頭上圍列著的巨型廣告牌，紅的，橘紅的，粉紅的，倒映在綠油油的海水裡，一條條，一抹抹刺激性的犯沖的色素，竄上落下，在水底廝殺得異常熱鬧。流蘇想著，在這誇張的城市裡，就是栽個跟頭，只怕也比別處痛些，心裡不由的七上八下起來。」那個時代，就城市自身的意義言，上海絲毫也不會比香港遜色，但如其說白流蘇是從上海到香港，毋寧說是從一個死氣沉沉的公館到香港，上海怎樣，基本上與白流蘇和〈傾城之戀〉關涉不大。一個弱女子試著自己創造機會，把握命運，隻身遠遊，原是被逼的；前景如何，哪敢肯定，反正賭一次博，冒一回險再說。從白流蘇的觀感中，不難發現其緊張、興奮的心情，儘管雜亂無章，卻有生命的力量左衝右突，要求釋放和獲得證明。從城市這一面說，實在是香港刺激了她，挑起了她的欲望，而欲望，就意味更進一步的行動。從白公館到香港，地理上隔山隔水，白流蘇的精神狀態也大大不同，其間差距，亦如隔山隔水。

相比之下，程書靜的香港就太缺乏尖銳性的力量了，「她沿著第三街、第二街、第一街，斜斜的走下去……或許會走到零點，自此塵塵土土，各安其分。」太平盛世，換言之，未嘗不可說成是乏力乏味之世。城市刺激白流蘇「活」了起來，而本來「活」著的程書靜卻在城市裡心如死灰，即所謂「個人經歷最大的兵荒馬亂不外是幻滅」。城市的發展大概跟不上人的意識和要求，「香港還流行這種現代主義建築，但其實已過時了……」我們記起，程書靜在臺北呆了七年。

人與城市互相投射，理想化的狀態，應該是雙方每一細弱、微妙的信號都能得到熱情的回應，且不斷激起新的互相投射與互相證明，促使雙方都趨向於自身的實現與完善。但顯然，這理想化的狀態還始終是一個理想。

亂世與盛世都不重要

儘管屢屢提及亂世、盛世，但對於我們所說的人與事，也許都無所謂。白流蘇「並不覺得她在歷史上的地位有什麼微妙之點」，而程書靜，說不準是現在香港街頭人群中的任何一個年輕女性而已。隔了四十年的故事，讀來讀去其實差不多，蒼涼的故事，無聊的婚姻，何時沒有。

——這樣說是不是和我上面說過的有些矛盾？且不去管，就讓各種說法之間互相「消解」。或者「對話」，如果能夠的話。

忍不住再寫句感慨：不管是兵荒馬亂，還是金粉太平，最驚心動魄的愛情故事也只能如此。由此往下想，也許就真如范柳原所說，《詩經》裡那首著名的詩——「死生契闊，與子相悅，執子之手，與子偕老」——反而是最悲哀的一首。是最悲哀的愛情理想吧，我想。

張看，看張

——張愛玲小解三題

《紅樓夢魘》自序裡，張愛玲說自己「大概是中了古文的毒」，「一個字看得有巴斗大，能省一個也是好的。」這樣地「怕呼叨」，尤其表現在給自己的集子定題上。一九四四年中國科學公司初版的散文集起名《流言》，典出英國詩人濟慈，說它是寫在水上的字“Written on Water”，「不能持久，而又希望它像謠言傳得一樣快。」一九七六年皇冠出的一個作品集，張愛玲題作《張看》，自找麻煩，尋了個機會在《紅樓夢魘》的序裡解釋：「『張看』不過是套用常見的『我看□□』，填入題材或人名。『張看』就是張的見解或管窺——往裡面張望——最淺薄的雙關語。」

我在這裡戲擬的題目當然也是順著張愛玲本人的意思，但「張看」與「看張」卻並不僅僅是主客關係的顛倒，作家寫作品，讀者讀作家寫的作品，這之間的關係發生於視角的轉換，像卞之琳〈斷章〉一詩所敏感到的那樣：「你站在橋上看風景／看風景的人在樓上看你」。這當中會產生什麼樣的情形就不好一言兩語打發了。

題目隨便，文章也是。分別談一長篇、一短篇、一散文，拼湊在一起，當然攀不上深入的研究，但無論如何，是「往裡面張望」，至少也是一種願望吧。

《半生緣》：回不去了

(一)

長篇小說《半生緣》在張愛玲的小說創作中有點特別。熟讀張愛玲的人輕易就能感覺到，以往作家和作品之間繃緊的關係在這裡變得鬆弛了些。一般說來，張愛玲的小說總讓人時不時明顯感覺到那個寫小說的人的存在，她對她的故事、她的人物總不免有一種「優越感」，忍不住要對她筆下的世界挑剔一下，揶揄幾句，她總顯得比她的人物世事洞明、人情練達，當然不少時候她也難免茫然，跳進作品說些不明究竟的話，但就是在這樣的時候，也反而給人一種她比她的人物更深刻些的印象。因此，讀張愛玲的小說，即意味著進入作家和作品之間的緊張關係之中。絕對地說，任何作家和他們的作品之間都存在張力關係，只不過緊張程度不同罷了，偏低者可以忽略不計，《半生緣》大致上就屬於這一類。作家從作品中退隱，敘述顯得「客觀」，在閱讀效果上讀者非常容易進入到作品世界中，因為不必分散精力兼顧這個世界的創造者了。《半生緣》是張愛玲小說中最讓人感到親近的作品之一，這該是非常重要的原因吧？平凡男女的戀愛婚姻故事，沒有加諸其上的尖刻的眼光，反倒有一份關切、一份同情，無論如何也是牽動人心的了。

㈡

故事的時間跨度十四年，始自三十年代末的上海。主人公顧曼楨和沈世鈞那樣深摯地戀著，不覺把讀者也裹到柔情和溫馨的氛圍中，隨著他們一塊兒激動、緊張和體驗甜蜜的感覺。他們就整個兒沉浸在這之中，無暇他顧。讀他們故事的人卻另外多了一種不祥的預感，這種預感常使他躲在美麗的愛情故事的背後禁不住心偷偷地發抖。顧曼楨的姐姐顧曼璐早年為養家下海做舞女，後來嫁給嫖客祝鴻才。祝整天在外鬼混。為了拴住這個笑起來像貓，不笑時像老鼠的不但可憎且讓人噁心的丈夫，曼璐想到了妹妹：

母親替她出主意的時候，大概決想不到她會想到二妹身上。她不禁微笑。她這微笑是稍微帶著點獰笑的意味，不過自己看不見罷了。

然後她突然想到：「我瘋了。我還說鴻才神經病，我也快變成神經病了！」她竭力把那種荒唐的思想打發走了，然而她知道它還是要回來的，像一個黑影，一隻野獸的黑影，它來過一次就認識路了，咻咻地嗅著認著路，又要找到她這兒來了。

她覺得非常恐怖。

張愛玲不動聲色地把一層虛假的親情慢慢撕破了。人總願意相信愛心，相信無私，尤其當這種美麗的神話存在於血緣至親中時。有時即便理智不想這樣盲目，卻總有一股奇異的力量把理智的懷疑和探尋究竟的欲望壓下去，而且壓得很深，再也不去想了。這種神話給人以好處，人可以過得舒心、安樂、輕鬆地在一切事物的表面上漂浮，戳破了對誰都沒有好處，誰願意舉目無親、滿心淒涼呢？張愛玲偏要對抗這種深層的心理力量

（這可能與她早年在家庭中的感受和經歷有關，特別是十六歲那年，被父親禁閉差不多一秋一冬後才逃出來，患了痢疾也無醫無藥），驚醒你的舒心夢。她一點一點不厭其詳地指給你看的，不是親情中的愛心，而是徹底的自私，自私到能夠冷靜地設置和實行傷害自己的骨肉或同胞的陰謀。比如她的名篇〈金鎖記〉，就深刻剖露了一種病態的自私：從未享受過家庭婚姻愛情幸福的曹七巧，因為嫉妒頗費心計地把兒女婚姻與愛情的幸福全部毀掉了，在「道德上的恐怖」和喪失人性的破壞中她體會到一種親切的滿足。

顧曼璐不讓曹七巧，在祝鴻才強姦曼楨的陰謀得逞後，又把曼楨囚禁逼她從命。顧太太算一個通常意義的好人，可她明知女兒落到陷阱卻袖手旁觀，說起來卻是因為一大疊鈔票的微妙力量。

從血緣親情的破產和道德上的恐怖中，嘶嘶地滲出涼到骨髓的寒氣。我們在不知不覺中會考慮普遍化的人與人之間的關係，恐怖與寒冷在普遍中愈發陰森、沉重。說到底，這影響著人對社會關係的認識和對人類自身的最終認識，影響著人類的自信。

㈢

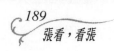

但人間畢竟有誠摯和溫情，也正因此才可能產生人類賴以生存的意義。沈世鈞和顧曼楨的愛情本身就是溫暖的證明。但愛的結局和人所陷入無法擺脫的狀態又把情感產生時的溫暖一掃而光。絕望中的沈世鈞與也是別有所戀的石翠芝結婚了，洞房花燭夜，兩個人卻像闖了禍的孩子一樣茫然無主。翠芝說：「世鈞，怎麼辦，你也不喜歡我。……現在來不及了吧，你說是不是來不及了？」

顧曼楨在醫院生了孩子後出逃，飄泊無依若干年。出於母愛，後來她竟嫁給了祝鴻才：

要說是為了孩子吧，孩子也被帶累著受罪。當初她想著她犧牲她自己，本來是帶著一種自殺的心情。要是真的自殺，死了倒也就完了，生命卻是比死更可怕的，生命可以無限制地發展下去，變得更壞，更壞，比當初想像中最不堪的境界還要不堪。

直接地說，不幸與苦難是曼楨和世鈞的戀愛被破壞的結果。其實這未嘗就不是基本的人生的悲哀。逃離了生存環境和社會關係的生存是不存在的，人只能落在先他而在的環境和隨他不斷展開的關係之中，注定無法超越所有的與自身之外的聯繫，個人從來就不可能成為純粹的個人。人與自身之外的關係展開了人自身，同時也限制、阻礙了人自身。人當然可以而且必須對抗外界的干擾和侵犯，但對抗行為本身不就是被迫採取的嗎？這不就是一種限制性的關聯嗎？張愛玲不曾寫過有自覺意識的具有強烈挑戰意味的對抗，那種或激烈或悲壯的積極性行動屬於普通人之上的那類人，他們是英雄和勇士；張愛玲寫的是最普通生活中最普通的人，他們沒有內在或外在的超越性力量可以憑藉和依託，正因為如此，他們的遭遇才更具普遍性，他們的悲劇感和尷尬情狀才是非個人的、非偶然的。錯綜穿插於《半生緣》中的石翠芝和許叔惠之間的無望暗戀，就是這種人生悲哀的最普通最真實的又一個例證。

小說結尾，分別十餘年的兩對戀人曼楨和世鈞、翠芝和叔惠見面了——作者這樣安排，對書中的人、書外的人都是一個寬慰，但人生的寬慰竟在於此也僅止於此，這又是怎樣深重的悲哀，怎樣無邊的蒼涼呢？

……曼楨半晌方道：「世鈞，我們回不去了。」

她一直知道的。是她說的，他們回不去了。他現在才明白為什麼今天老是那麼迷惘，他是跟時間在掙扎。從前最後一次見面，至少是突如其來的，沒有訣別。今天從這裡走出去，卻是永別了，清清楚楚，就跟死了一樣。

(四)

其實，假如時光倒轉，顧曼楨和沈世鈞能夠「回去」又會怎麼樣呢？誠然是外在性的因素導致了他們的悲劇，如上文敘述和闡釋的那樣，但是，我們能不能在「外在」與「內在」之間，看到一種更複雜、更隱蔽的情形呢？

雖然是一段刻骨銘心的戀愛故事，男女主人公在無緣的情緣中度過了「半生」，但自始至終他們都只處於彼此生活和命運的邊緣，未曾逾出半步。世鈞第一次回南京時，曼楨到叔惠家送他：

她說這個話，不能讓許太太他們聽見，聲音自然很低。世鈞走過來聽，她坐在那裡，他站得很近，在那一剎那間，他好像是立在一個美麗深潭的邊緣上，有一點心悸，同時心裡又感到一陣陣的蕩漾。

為什麼會是立在「邊緣」上？

不妨看沈世鈞第一次去曼楨家時的感覺：「他自己也還是第一次踏進這弄堂，他始終對於這地方感到一種禁忌，因而有一點神祕之感。」表面上看，禁忌和神祕當然是由曼楨的姐姐曼璐引起的，皮肉生涯自然為「正派人」和「正派」的社會瞧不起。但是無形中，曼璐的命運構成了曼楨的「身世」，曼楨一生意欲擺脫的是曼璐所暗示的黑暗命運。在曼楨的意識（也可以說潛意識）中，曼璐不僅僅是用血淚養活自己及一家老小的姐姐，也是自身命運的一部分，而且是黑暗、神祕的一部分。就這樣，本來是曼璐的禁忌「引渡」為曼楨的禁忌。曼璐後來結婚，離開顧家，曼楨和世鈞彷彿都鬆了一口氣，都以為禁忌離曼楨而去，她可以從那樣的「身世」中逃離出來，可以成為一個「自由」的「個人」。在這裡，「身世」是一個活物，散發恐怖，它暗示和決定某種命運；「自由」的意義即是對這種命運的逃離，它依靠否定「身世」而獲得。

沈世鈞也在試圖從「身世」決定的軌跡中偏離出來，不願繼承父業在南京做皮貨店老闆，一個人到上海上學、做事，反倒有一種輕鬆自在的感覺。

兩個人意欲逃離的各自的「身世」，對於對方而言都是不願或不能觸及的禁忌，因而，兩個人儘管都在努力，都在渴求「自由」，但他們的努力與渴求本質上都是孤立的，不可能互相援助，不可能聯合和連接起來。這是最讓人喪氣和絕望的。作品裡寫曼楨被囚禁，世鈞去曼璐家裡找她，從樓窗下經過，「曼楨在樓上聽見那腳步聲」，雖心急欲瘋，卻欲喊無聲，任「那皮鞋聲越來越近，漸漸的又由近而遠。世鈞從未感覺到他們曾經那樣近，近在咫尺，卻遠於天涯」。——咫尺天涯不只是說這件事，而是兩個人之間的愛情與人生的象徵。

只要是禁忌，就有神祕的恐怖，具有破壞力。因為無法洞明，恐怖也就愈見恐怖。曼璐在小說中第一次出場，就有一個細節強調了這種神祕的恐怖：

> 她穿著一件蘋果綠軟緞長旗袍，倒有八成新，只有腰際有一個黑隱隱的手印，那

是跳舞的時候人家手汗印上去的。衣袋上忽然出現這樣一只淡黑色手印，看上去卻有一些恐怖的意味。

隨著情節的展開，曼璐本人倒像是曼楨身上的恐怖的黑手印，在某種意義上，她並不是從親情關係上被認識的，而是作為恐怖的象徵、禁忌的具體化而成為曼楨生命的一部分。事實上，曼璐作為曼楨的「身世」是被曼楨認可的，否則就沒有必要對此種「身世」時時刻刻都保有一種痛楚而清醒的認識，就沒有必要時刻努力從此種「身世」中走出來。這樣看，曼璐就不僅僅是曼楨厄運的外在因素。曼楨一直同情於曼璐的賣笑生涯，而且一直到故事結束，除了厭惡以外不讓報復慾抬頭。報復只能指向自身：她想過自殺。

如果「身世」只被視為外在性因素，它也就不可能成為禁忌。禁忌是在人的意識中形成的，主人公對「身世」的痛楚意識，導致了他們對它的忌諱，他們小心翼翼地避開它，換言之，就是以一種消極的方式——視而不見，來削弱其壓抑性力量，以逃離達到解脫。視而不見對於他們而言意味著全部的生命「自由」，但是，顯然威脅「自由」的力量沒有消除，這樣的「自由」本身也就隱含著對自由的否定。一個讓人無法釋然的結局是，曼楨和世鈞終又回到了當初意欲逃離的「身世」之中，他們走到「美麗深潭的邊緣」又遠遠走開了。如果說曼楨是被迫的，世鈞則多少有點自願地返回到「身世」決定的命運之中了。

對於張愛玲的這樣一個故事，同樣需要一個「返回」的過程：也許，只要退到人物內心，從外在性因素的「內化」來考慮，故事的悲劇情愫才可能被更深地感知和更圓滿地闡說。

(五)

一九五〇年三月二十五日至一九五一年二月十一日，上海的《亦報》上連載了署名梁京的一部長篇小說《十八春》，並於一九五一年十一月由報社出單行本。這個梁京就是張愛玲，《十八春》是《半生緣》的前身。後來作者僑居美國時，對《十八春》做了刪改，就成了現在的《半生緣》，最先於一九六八年在臺北的皇冠雜誌刊出，後印單行本；在大陸是花城出版社一九八七年出版的。

《半生緣》和《十八春》的不同主要在結尾。原來的結尾長出一節，寫世鈞、曼楨、翠芝等都到東北去「參加革命」，其時已到了解放後，這不知怎麼就成了世鈞和翠芝「感情上的再出發」，同時還出現了對曼楨傾慕已久的男子慕瑾（在《半生緣》裡叫豫瑾），作者的用意似乎想以此暗示曼楨日後的幸福。張愛玲大概自己也覺得這個特意弄出來的尾巴不像樣，不和諧，對她的人物的「新生」和幸福的有意暗示不過是一種虛假的允諾，缺乏邏輯發展的依據和基本的常理認同，在《半生緣》裡就割掉了多餘的尾巴，而且自然地加強了悲劇性感受：半生情緣，不過是成就一部「回不去了」的「惘然記」❶。

〈五四遺事〉：新時代的喧囂與悲哀

〈五四遺事〉是用英文寫的，一九五六年發表，張愛玲自己又把它譯成中文，次年一月在臺灣大學外文系夏濟安教授主編的《文學雜誌》一卷五期上刊出。這篇小說也許算不上張愛玲作品中特別優秀的一篇，但卻應該是研究張愛玲的人需要特別注意的一篇。

❶ 張愛玲修改《十八春》時，曾考慮用「惘然記」做書名，但最終還是採用了《半生緣》這個「俗氣得多，可是容易為讀者所接受」的名字。參見林以亮，〈私語張愛玲〉，載一九七六年三月一日《聯合報》副刊。

小說寫了一段戀愛婚姻的周折，簡單、平靜地把故事從頭到尾敘述下來，幾乎沒有什麼枝節旁逸與氣氛渲染的筆墨，故事本身很容易出戲劇化效果，但作者也只是淡淡地交待清楚就了事。我有這樣一個印象：張愛玲似乎不太關心這篇小說本身怎麼樣，她著力突現的是她寫的人與事和那個時代的關係，而且這種關係是不斷變化的，從中我們會產生出一種複雜的感受與意識。

五四時代是一個轟轟烈烈的時代，舊文化的衰敗與新文化的誕生所激起的震盪很難精確地表述。在時代與一般人之間，形成了什麼樣的情形，確實是一個非常有意思有價值的問題。在散文〈談音樂〉裡，張愛玲把交響樂比作五四運動，從這個獨特的比喻裡我們可以獲知張愛玲對五四與個人關係的精闢見解：

> 大規模的交響樂自然又不同，那是浩浩蕩蕩五四運動一般地沖了來，把每一個人的聲音都變了它的聲音，前後左右呼嘯嘁嚓的都是自己的聲音，人一開口就震驚於自己的聲音的深宏遠大；又像在初睡醒的時候聽見人向你說話，不大知道是自己說的還是人家說的，感到模糊的恐怖。

五四時代的新思想與新觀念，落實到社會與人的具體生活中，恐怕要以對戀愛婚姻自由的倡導影響最為廣泛。在理論的表述上，戀愛婚姻自由以個性解放為前提，肯定個人的欲望、情感、自然本性和選擇方式，在那個特定的時代，它又是以對中國傳統的封建倫理觀念和家庭制度的挑戰和否定的面目出現的，是一種在壓抑下求解放的思想和行動。然而，實際的情形遠比理論上的表達複雜、微妙、瑣細、瞻前顧後、拖泥帶水，不一定就乾脆利落、激動人心，還說不準有些讓人哭笑不得的因素在裡面。比如，「在當時的中國，戀愛完全是一種新的經驗，僅只這一點點已經很夠了。」誰敢保證當時的自由戀愛的勇士中沒有人僅只是衝著「這一點點」去趕趕時髦？這也難怪，新文化並不具有一下子就能深入人心、馬上讓人脫胎換骨的魔力；再說，總不能要求人談戀愛的時候還意識到同時肩負某種文化使命吧？

〈五四遺事〉所敘述的，是在文化轉型時期最容易產生的奇怪現象，張愛玲對這種奇怪現象極盡揶揄和諷嘲。大致上全篇小說平鋪直敘，張愛玲基本保持平靜，但這種平靜時常被打破，那就是揶揄和諷嘲禁不住洩露出來的時候：

她戴的是圓形黑框平光眼鏡，因為眼睛並不近視。這是一九二四年，眼鏡正入時。交際明星戴眼鏡，新嫁娘戴藍眼鏡，連鹹肉莊上的妓女都戴眼鏡，冒充女學生。

揶揄和諷嘲不僅見諸個別的詞句、細節、人物、事件，當故事結束時，揶揄和諷嘲就上升成為整個作品的調子。從這點來看，小說敘述的平靜就只是一個表面，表面之下是敘述者意識的緊張與不安分。一個受五四運動影響的「新青年」，在戀愛婚姻風波裡折騰過來折騰過去，到一九三六年，「至少在名義上是個一夫一妻的社會，而他擁著三位嬌妻在湖上偕遊。」惹得「許多人羨慕他稀有的豔福」！作家偏偏取名〈五四遺事〉，其揶揄和諷嘲很明顯地就落到了那個時代頭上。作家本意不只在小說，她需要借助於小說的形式記下她對那個時代一己的看法和感受。我們未嘗不可以因此而獲得一些啟發，去重新思考那個時代，檢討那個時代的文化變革的情形。

五四時代毫不猶豫地應該肯定為一個偉大的時代，但清醒者不應該被其偉大、其轟轟烈烈而遮蔽對其不力、不足、不逮、不智之處的省察。走過的歷史沒法再回頭重新走一遍，重新再走一遍會走得更好一些的設想根本上是沒有意義的，但是，本著對歷史、現在和未來負責的態度，任何人都沒有理由始終陶醉在五四的文化神話裡，唱稀裡糊塗的讚歌，說不關痛癢的昏話。中國人如果想走出歷史的輪迴、怪圈，減少重複走路（不管是錯誤還是正確的道路，重複就是浪費和無意義），首先就應該學會反省自己的歷史。〈五四遺事〉提供了一個角度的反省。一個時代的形象，可以由多種方式造成，也能夠從各種視角去獲得，只不過方式與視角的不同，形象也就不一樣——同一個時代其實有不同的形象，比如見諸文字的理論形象，與之相對的「無文」的形象，等等。也許可以這樣說，一般的五四印象與見解多是從關於那個時代的理論上得來的，理論表述本身即建造起一個五四神話；張愛玲卻有意識地與理論上的喧囂保持一段距離（就像她不喜歡交響樂一樣），小說家的意識使她更看重那些實在的、日常的生活與感覺，更看重那些普通的人物和那些有意思的故事。張愛玲把這些記錄下來，就給五四畫了一個由實際的人與事組成的時代形象。比照一下，我們就感覺到它與理論塑造的形象之間的較大距離。

也許真如張愛玲在小說中揭示的那樣，理論上的喧囂未必就能夠落到實處，新文化新觀念影響得廣泛但卻未必深入，其實質性的力量在普通的階層與民眾中大可懷疑。傳統文化不是一下子就能打發掉，它好的方面壞的方面都不會一受衝擊就嚇死過去，人畢竟生活在傳統之中，連時髦的戀愛也脫不開傳統的背景，免不掉傳統文化的滲透：

西湖在過去一千年來，一直是名士美人流連之所，重重疊疊的回憶太多了。遊湖的女人即使穿的是最新式的服裝，映在那湖光山色上，也有一種時空不協調的突兀之感，彷彿是屬於另一個時代的。湖水看上去厚沉沉的，略有點汙濁，卻彷彿有一種氤氳不散的脂粉香，是前朝名妓的洗臉水。

在這裡，西湖成了傳統的象徵，湖水沉厚、略有汙濁，卻魅力無限，最新式的戀愛原來仍然呆在傳統中。相比較而言，反倒是新生的力量顯得表面、脆弱，不堪周折，妥協而終；舊力量已深入骨髓，以最隱蔽也是最有力的方式迫使一個「新青年」就範，「迷途」知返，而且也算得了一個「圓滿」的結局——「圓滿」實在是個不錯的詞，一個人從一點上起步，轉了一圈又回到原來的點上，這就既是「圓」也是「滿」了。這「圓滿」，對新時代理論的喧囂是個諷刺；而從新時代自身來說，卻也是一個非常深重的悲哀。

中國新文學是伴隨著五四新文化運動一起誕生的，這就決定了新文學與新文化之間密不可分的聯繫，也因此培養出新文學作家對五四傳統那份特別的感情和敬意，五四傳統正是他們身處其中的文化血脈。但是四十年代走上文壇的張愛玲卻有些特別，她對五四新文化和新文學沒有那種在別的作家身上很容易發現的親近感，也很少談及，偶爾提到一兩句，很可能就露出冷眼挑剔的意思。而且，張愛玲的創作在新文學作品中也算異數。由此我們可以提出以下的問題：張愛玲與新文化、新文學傳統之間，到底形成了怎樣一種關係？為什麼會有這種關係？這種關係又產生了怎樣的結果？這些，顯然不是這篇短文，也不是僅靠對〈五四遺事〉的分析就能夠說清楚的——但我們受〈五四遺事〉啟示，發現了這些問題，不就是從此開始了一個尋求解釋的有意義的過程嗎？

〈燼餘錄〉：向死而在的生趣

〈燼餘錄〉最初發表於一九四四年二月上海出版的《天地月刊》第五期。張愛玲隔了幾千里的路、兩年的時間、新的人與事回頭寫香港戰事的印象，從記下一些看似「不相干的事」開始，到被迫正眼打量戰爭，進而引發出對歷史、文明、人性等這類重大問題的另一種解釋與感受，冷靜、實在的敘述，讀來卻有一點「驚心動魄」之感。

張愛玲說「人生的所謂『生趣』全在那些不相干的事」。什麼是「不相干的事」呢？大概就是無法被一個高高在上的物事統攝的那些，無法被系統化、合理化、完整化的那些，也許現實本身就是混沌一片，「像七八個話匣子同時開唱，各唱各的。」「清堅決絕的宇宙觀」容不下這些，那豈不是說，它容不下人生的「生趣」嗎？所以這樣的東西，「總未免使人嫌煩」。就說戰爭吧，該是件嚴重的了不得的大事，嚴重到人們對它的反應似乎應該一律，應該統一。其實不然，比如說穿著，有錢的華僑小姐準備了不同社交場合需要的不同行頭，卻沒想到打仗，為沒有適合於戰爭的衣服發急；另一位女學生卻穿著平時「顯煥的衣服」做臨時看護，「一身伶俐的裝束給了她空前的自信心。」戰爭使人恐怖，但就有人冒死去看電影，在流彈打碎了玻璃窗的浴室裡從容地潑水唱歌，在一般的恐怖之外，又添一種對恐怖的諷嘲。

然而，現實的混沌「在那不可解的喧囂中偶然也有清澄的，使人心酸眼亮的一剎那，聽得出音樂的調子」，儘管說不準「立刻又被重重黑暗擁上來，淹沒了那點瞭解」。戰爭雖然沒有使各樣的人生與事情劃一，畢竟也是影響眾生且令眾生共同關心（儘管方式不同）的事情，那麼，也就能夠「聽得出」一種「調子」來。不知道是不是可以這樣說，正是這種「調子」，使「不相干」的事情「相干」起來，卻並不失「生趣」。

沒有經歷過戰爭的人不知道把戰爭想成了什麼樣子，也不知道會把處於戰爭之中的人想成什麼樣子，但大概很難想像這樣一種對於戰爭的態度：「可以打個譬喻，是像一個人坐在硬板凳上打瞌睡，雖然不舒服，而且沒結沒完地抱怨著，到底還是睡著了。」容易想像戰爭刺激起來的興奮與慌恐，卻料不到有人竟在戰爭中昏昏欲睡，戰爭不過不比平常舒服，倒不見得怎樣殘酷。另一個比喻還有點好玩：「只聽見機關槍『忑啦啦拍拍』像荷葉上的魚。」殺人的子彈竟彷彿有了些詩意。高明的比喻本就應該是一種「遠距離的交易」，但這裡的巨大反差顯然不只是一個技術上的效果，張愛玲慣常保持的心理、審美距離使她又做了一次出人意料的文字表演。

但是，如果沒法保證不被戰爭更深地捲進去，這樣的心理與審美距離遲早會被縮短乃至取消，同時還連帶著失去一種玩味的心態。比如你親眼看見了流血，比如一個你熟悉的好人被打死了，你就會忍不住正眼打量（而不是藝術玩味）戰爭，忍不住憤慨，恰巧你是個有思想的人，就可能一語中的，如張愛玲說，戰爭，是「人類的浪費」。好先生佛朗士教授被自己人誤殺了——其實，從超越戰爭雙方的觀點看，我們倒不必計較他死得是否有名目，反正他是被槍殺了，人殺人，不就是「人類的浪費」嗎？

不僅戰爭本身是「人類的浪費」，而且，戰爭告訴我們，人類的歷史、人類的文明努力都是「浪費」，是更大的「浪費」。「去掉了一切的浮文」——這是戰爭的功勞——「剩下的彷彿只有飲食男女這兩項。人類的文明努力要想跳出單純的獸性生活的圈子，幾千年來的努力竟是枉費精神麼？事實是如此。」張愛玲描繪了這樣一些情景：

「警報解除之後，大家又不顧命地軋上電車，唯恐趕不上，犧牲了一張電車票。」

「香港重新發現了『吃』的喜悅。……所有的學校教員，店伙，律師，幫辦，全都改行做了餅師。」

「我們立在攤頭上吃滾油煎的蘿蔔餅，尺來遠腳底下就躺著窮人的青紫的屍首。」

「香港的外埠學生困在那裡沒事做，成天就只買菜，燒菜，調情。」

「香港報上挨挨擠擠的」，是看不完的「結婚廣告」。

張愛玲對這些的感受和評論是：「真奇怪，一件最自然，最基本的功能，突然得到過分的注意，在情感的光強烈的照射下，竟變成下流的，反常的。」人類文明的努力雖然是白費了，但並不就因此認可人類的倒退與墮落，我們也許能夠感受到張愛玲的一點激憤，一點痛苦和一種觀念：「原始人天真雖天真，究竟不是一個充分的『人』。」而人類向獸性的倒退與墮落，非但毫無「天真」可言，簡直是「恬不知恥的愚蠢」了。

這篇散文還記敘了張愛玲自己充當看護的親身經驗。有一個病人痛苦得整夜叫喚：「姑娘啊！姑娘啊！」「我不理。我是一個不負責任的，沒有良心的看護。我恨這個人，因為他在那裡受磨難。」甚而至於——

這個人死的那天我們大家都歡欣鼓舞。……我的同伴用椰子油烘了一爐小麵包，味道頗像中國酒釀餅。雞在叫，又是一個凍白的早晨。我們這些自私的人若無其事地活下去了。

這樣冷靜敘說自己「沒有良心」的文字很不多見，我們習慣於為那些悲天憫人的情懷所感動，習慣於把人道精神高舉頭頂，但是，悲天憫人與人道精神往往是身處事情之外的人所標舉的，有意無意會流露出居高臨下的優越感。假如我們自己也身處其中呢？比如就在一堆為傷病折磨得呻吟不絕的人中間，在骯髒、簡陋、擁擠不堪的環境中。

但僅做這樣的解釋顯然不能令人滿意。我們能不能從這「沒有良心」的態度中看到更複雜的東西？我感覺到，〈燼餘錄〉中隱含了張愛玲對於戰爭態度的一個發展過程，儘管很可能這個發展過程在實際的情形中不像用語言去闡釋那樣顯得清晰、分明：最初，張愛玲是隔著一段距離去看戰爭的，她看到的是一些「不相干的事」和關於戰爭的模糊或帶有玩味意識的印象，比如本文一開始提到的兩個比喻；接下來的情形是，戰爭的擴展迫使戰區的每個人正視它，直面流血、死人和對於人類文明——不僅是有形的文明，如建築設施等，而且更主要是植於人心中的文明精神——的摧毀。但是一旦習慣了戰爭，看慣了戰爭中一切不堪的景象，便不能不有些冷漠，開始正視戰爭時那種尖利的痛苦慢慢鈍下來，終至於對痛苦麻木不仁。麻木不仁也許還可以得到另外一種解釋：觸目皆是不堪的景象，你看了，你想了，但是你卻不願再看，不願再想——你怕看下去、想下去會受不了，人類心理的承受力也許畢竟有限，於是你就變得視而不見、充耳不聞；你還可以用能夠接受的東西轉移投向痛苦的視線，比如飲食男女（又是這兩項！）。一個人死了，那麼就去吃一片味道像中國酒釀餅的小麵包，這樣才能夠活下去吧？

實際情形中的戰爭態度大概不會階段性這樣明顯，「發展」也並不意味著後一階段對前一階段的完全否定，倒很可能是不同的感受與認識交織在一起，很多時候難以劃得清楚。也唯有這樣，〈燼餘錄〉才顯示出強大的藝術魅力和整體性，而不是條分縷析的教本。

事實上張愛玲對於戰爭本身遠不如她對戰爭所造成的影響來得關心，篇名取〈燼餘錄〉，也有這方面的意思。浮華剝盡，唯餘飲食男女兩項，張愛玲對此耿耿於懷，但眼見的事實，又能奈何？別忘了張愛玲是個小說家，她可以虛構人事，緩解胸中鬱悶——我們可以把寫於一九四三年九月的小說名篇〈傾城之戀〉找來對照閱讀。香港戰事，毀了一座城市，卻成全了一對夫妻，儘管張愛玲對白流蘇和范柳原不免挑剔和揶揄，但他們的結合，顯然不好算作鑽到〈燼餘錄〉裡叫做的「單純的獸性生活的圈子」，比較起來倒可能代表張愛玲一點微渺的「希望」。范柳原曾說：「有一天，我們的文明整個的毀掉了，什麼都完了——燒完了，炸完了，坍完了，也許還剩下這堵牆。流蘇，如果我們那時候在這牆根底下遇見了……流蘇，也許你會對我有一點真心，也許我會對你有一點真心。」

張愛玲讓他們之間有「一剎那的徹底的諒解」，「然而這一剎那夠他們在一起和諧地活個十年八年。」張愛玲說，「他不過是一個自私的男子，她不過是一個自私的女人。在這兵荒馬亂的時代，個人主義者是無處容身的，可是總有地方容得下一對平凡的夫妻。」這實在比在〈燼餘錄〉表現得通達，卻不一定更深刻、更真實、更普遍，簡單倒是〈燼餘錄〉裡的道理更簡單：人們受不了戰爭造成的「無牽無掛的虛空與絕望」，「急於攀住一點踏實的東西，因而結婚了。」

還應該說，借助於戰爭而達成的感受、認識和發現，其有效性並不只限於「戰區」、「戰時」這樣的空間和時間內，我們也必須在一個超越的意義上來領悟和思考張愛玲——

時代的車轟轟地往前開。我們坐在車上，經過的也許不過是幾條熟悉的街衢，可是在漫天的火光中也自驚心動魄。就可惜我們只顧忙著在一瞥即逝的店鋪的櫥窗裡找尋我們自己的影子——我們只看見自己的臉，蒼白，渺小，我們的自私與空虛，我們恬不知恥的愚蠢——誰都像我們一樣，然而我們每一個人都是孤獨的。

無辜的石頭

——西西《致西緒福斯》

人的自大與狂妄不僅使西緒福斯欺騙了神，要和神較量；更為固執的表現是，人非但未能從西緒福斯被罰永無休止地推石上山這一事件的提醒中去真正地反省自身，反而從中「發現」了人抗拒命運和苦難的尊嚴與悲壯，並以此作為人類克服荒謬、創造價值的象徵模式。從對西緒福斯神話的普遍的感受與體悟中，可以覺察出自大與狂妄已經決不是作為個體的人的品性，而是人類集體的潛意識，是以人為中心的宇宙結構圖式，是人類集體的自戀；而且，穿透精心編織的尊嚴與悲壯的籠罩，會看到人類多麼脆弱地、多麼無助地自憐的實質。

人類過度的自我中心意識嚴厲地排斥了宇宙中任何其他存在的主體性，特別是當人把神拋棄之後，人類就成為唯一的主體，人之外的一切都是非靈性的，無話語的。這主要是近代以來的事情。人類遠古的祖先懷著恐懼之感在茫茫宇宙中掙扎著生存的時候，他們對一草一石有敬畏，也有接近平等的親切，他們真誠相信石頭會說話，只是他們難以聽懂。當人類開始意識到石頭會說話是無稽之談的時候，石頭自身的話語權利就被剝奪了，石頭只不過是人之外的「物」罷了。

比如對西緒福斯神話，人關心、思索、移情的只是他們的同類西緒福斯，誰又去想過那塊被西緒福斯滾動的巨石？正是在這樣的人文背景之上，香港作家西西女士獲第十屆《聯合報》小說獎的作品——《致西緒福斯》，具有特別的意義。

這塊巨石被忽略了幾千年，現在終於在西西女士那裡獲得人的關愛，找回了它與人平等的地位。在小說裡，巨石一開始就以和西緒福斯對等的身分出現：「它/他們一起上山。已經多少日子了？它/他們都無法記憶。」在敘述過程中，「它/他」並列，敘述者的意識已經非常明顯。而且，敘述者對巨石的強調成為小說的重心，「它是這麼疲倦，它渴望憩息。……它喜歡蝴蝶在它身邊撲翼，青草在它腳下編織地毯。它本來有一顆沉靜的心，它的脈搏原是大地的脈搏。」巨石無疑是作為主體被突出出來，它完全不同於通常意義上無知無感的物的「它」，它以自己的個體情狀抗拒對象化，以飽滿的生性顯示自己的存在，這樣具有「靈」質、「活」質的存在要去改變人的意識中它只是一個物的頑固偏見，去填充真質缺場的空洞意識空間。

既然它成為一個主體，它就有自己的命運，就有對命運的自省能力和申訴命運的話語權利。任何不具有話語權利的主體都是虛假的主體，所以它對西緒福斯說話了：「是你欺騙了神，所以被罰，但這與我何干呢？我原是一塊好端端生活在大地上的快樂石頭。我和我的兄弟在這宇宙中和平共存，與天地共荒老。」「你驚擾了我的安眠，使我失去棲息的居所。」西緒福斯的命運是荒謬的，但巨石的命運更荒謬，神要懲罰的是他，不是它，可是它卻要和他一起上山、下山，承受和他一樣的痛苦。

巨石具有一顆古老、樸素、純淨的靈魂，唯其如此，才不會被各種各樣的迷障糾纏，它的省思才能以自然平靜的方式逼近平凡樸實的「真理」，這樣的「真理」就因為太平凡、太樸實而被進化發展的人類拋棄了，但巨石還是要說給人類聽，因為這有關人類的認知，儘管也許人類永遠不會去傾聽，永遠也聽不懂：

你們這些人，都不自量力。你的孫兒相勒洛豐也是如此。他本來具備所有男子的美德，後來卻變得傲慢而矜驕。他像你，身體內有你的血液。他不過有一匹飛馬，能夠在空中飛行，就以為自己是神了。他騎著飛馬上奧林匹斯聖山去，想參加諸神的集會。一個普普通通的凡人，想得太遠了。

你不過是一個凡人，又怎能和神較量呢？

巨石對人的狂妄不以為然，並不是由於它盲目迷信神祇。事實上它對於神的「劣跡」沒有裝作視而不見，沒有迴避神在光天化日之下強搶民女這種惡行，巨石不是站在神的立場上勸告人類去絕對崇奉神靈，它發出的是它自己的聲音，只是告誡人不應該去和神爭鬥、較量。人為什麼要費盡心機達到和神平起平坐？神與神的糾紛，受苦的是人類，比如穀物女神為尋找被搶走的女兒，離開大地，於是田地荒蕪，饑饉遍野。人與神的糾紛，受苦的又是誰呢？

在西緒福斯的神話裡，最無辜的是石頭。「他以為它是沒有感覺的吧。他以為它只是一塊由一種或多種礦物質組成的有規律的集合體，叫做石頭吧。他一定以為，它只會不聲不響，什麼也不知道，沒有思想感情的物質吧。」西緒福斯不知道它，可是它知道他，知道他是風神埃俄羅斯的兒子，聽到他上山的喘息和心律的跳動，感覺到他的汗水浸染在它的皮膚上，使它不斷削落的皮膚更加的刺痛。本來，它靜靜地躺在山腳下，只有風和雨才能把它緩慢地分解，將和它的同伴們一樣，「變成碎石、砂礫、灰塵，復歸大地，一切都要靜悄悄的，無聲無息。」可是現在它變成了人神之爭的犧牲品，這種毫無理由的命運不由讓我想起美國小說家巴塞爾姆(Donald Barthelme)的早期作品《金雨》裡的一句話：你也許對荒誕事不感興趣，可是，荒誕事卻對你感興趣。除此之外，還有更好的解釋嗎？「這石頭將會例外，它將呼叫、嘶喊，發出巨大無比的聲音。他如此把它轉動，使它體內產生極高的溫度，於是它就會像星球那樣發生大爆炸，把自己炸得粉碎，肥皂泡那樣碎了，消失了。這就是它與石頭的消亡完全不同的結局。」

　　石頭的樸質心靈無法理解人類玄學思辨那套自我欺騙的把戲，不停地上山、下山，這荒謬的反覆怎麼會產生出生存的意義和價值？它/他們都變得醜陋不堪，大山美麗的地衣被碾壓，山變成黑山，轟隆轟隆的巨響是無法躲避的喧鬧與噪音，奧菲爾斯因為這種可怕的聲音沒走完煉獄的旅程就回過頭去，夫妻團圓與恩愛由此斷送。石頭從未想到要以虛假的尊嚴和悲壯來遮蔽荒謬，它只企盼能夠改變這種荒謬的處境：也許它可以把他碾成永恒的生命的薄片，肩並肩躺在山腳下，聊天，或睡眠。

但是，「永無休止地推一塊大石上山是一件荒謬的事情。永無休止地躺在山坡上什麼事也不做，就是另一形式的荒謬了。」石頭那顆平凡、樸素的心湧上平凡、樸素的念頭：「何不做些娛己娛人的事呢？」

讓我們唱歌吧。或者，把別人留下來那些行將湮沒的美好音樂傳播遠方。眾神逐漸遙遠，牧神的足音縹緲，我們幾乎聽不見蘆笛的吹奏了。世界上再也沒有奧菲爾斯，色雷斯不朽的詩人與歌手。

可它記得奧菲爾斯的歌，它記得所有他的樂曲。風神的兒子，你就朝石頭輕輕地吹吧！它滿身洞孔，它們石頭都是天生的樂塤。奏起奧菲爾斯的歌來吧，把冥神催眠，把戰神引領至迷宮最隱蔽的中心，把青草從泥層中喚醒，給黑山重新披上斑斕的彩衣。

因此，風神的兒子，請你輕輕吹，讓石頭唱歌，讓歌聲穿逾重重的黑森林，飄過峻峭的山巒，讓冰雪融化，匯成汩汩的溪流。你們就一起唱歌吧，把歌聲傳送到宇宙間最遙遠最偏僻的角落，億萬億萬年以後的大地。

在上文中曾提到小說的敘述者，這個敘述者基本上接近韋恩·布斯所定義的「隱含的作者」，是一個「非戲劇化的敘述者」（敘述者本身不是小說中的角色），在這個敘述者眼中，它/他並列對等。另外在小說文本的內部，還有一個「戲劇化的敘述者」（敘述者同時是小說中的角色，敘述受角色身分的限制），即巨石。巨石作為另外一個最重要的敘述者，其嶄新的人文意義，就是以敘述的動作和敘述結果（話語的產生）抗拒著關於石頭的傳統語義規定中對其存在的空乏的闡釋。在人類中心主義的意識裡，巨石的存在是「缺場」的，在這個文本中它卻以具體的話語證明了它的「在場」，以「我」的姿態毫不含糊地出現。而且，非戲劇化敘述者對巨石敘述的支援非常明確，實際情形是，整個小說文本的構成就是兩種敘述交織著同時向前推進，在此過程中，顯示出兩種敘述充分的一致性。比如，「他不是熟悉它的，並不知道石頭是怎樣的物質。你不知道哪裡是我的頭，哪裡是我的腳。」「他把它胡亂旋轉，使它的頭有時朝天，有時向地，有時面對不能辨別的方向。你使我的視線模糊了，我的頭昏、腦脹、血液逆流，一顆心不知道該停留在什麼位置。」在這兩處引文裡，每處前一句的敘述都是非戲劇化的。西緒福斯是「他」，巨石是「它」；後一句的敘述都是戲劇化的，西緒福斯是「你」，巨石是「我」。有時非戲劇化的敘述者不能保持通常身分所要求的冷靜，直接把一己的願望和感情充分地表達出來，像上文接連的三節引文的最後兩節，徑直祈求風神的兒子輕輕地吹，讓石頭唱歌；對西緒福斯的稱呼也變為表示直接關係的「你」。

小說確立了石頭的話語地位，因而可以看成是對人類中心意識的解構；小說提出了巨石命運的主題，從以往被忽略的角度襲擊了對西緒福斯神話的通常詮釋，因而也可以看作是對西緒福斯作為意義和價值的象徵符號的解構，同時也試圖消解一般的詮釋模式。非常清楚，當巨石作為被壓抑的話語主體「活」了過來，人類的中心地位就開始受到威脅了。

小說取名《致西緒福斯》，我們可以看作是巨石致西緒福斯，同時也是文本的非戲劇化敘述者（甚至可以再進一步上溯到作者）致西緒福斯；而西緒福斯，是他本身，同時也是自戀的人類集體。

反蘋果牌即沖小說

——西西〈「洛神賦圖卷」答問〉

西西創作於七十年代中期的小說《我城》中，說有出版社發明了一種「蘋果牌即沖小說」，看小說變得像沖咖啡一般簡單，喝下去腦子裡就會浮現出情節來。這輕輕鬆鬆說出來的好玩的話，未嘗不表示出，西西在七十年代香港的社會文化環境中，對文學和文學的閱讀、消費之間的關係正在發生著的變化，有一種特別的敏感和洞察。她似乎是笑嘻嘻地挖苦道：「有一個書評人的意見是這樣：在這個時代，大家沒有時間看冗長的文字及需要很多思維的作品，所以，應該給讀者容易咀嚼的精神食糧，要高度娛樂性，易接受，又要節省時間。因此，蘋果牌即沖小說是偉大的發明。」

西西創作三十多年，寫的大都是「逆」時代需要而動的「反」蘋果牌即沖小說，對文學寫作的多種可能性的探索孜孜不倦，不斷對閱讀形成挑戰。〈「洛神賦圖卷」答問〉發表於一九九六年十一月的《明報月刊》，又是一篇「需要很多思維的作品」。

整個作品形式單一，從頭到尾都是一問一答。答的人是創作《洛神賦圖卷》的古代畫家，問的人是一個後代的（比如說就是現在的）看畫人。

這種取材和設計本身，就引發出一種很強的「文本間性」，在最明顯的層面，關涉到曹子建的《洛神賦》、顧愷之的《洛神賦圖卷》和西西的〈「洛神賦圖卷」答問〉，這些作品的出現在時間上有先後的再生和轉換關係，在傳達的媒介上有文字和圖像之間的區別與糾纏。在答問中我們還可以看到，不論是討論到〈洛神賦〉還是《洛神賦圖卷》，答問雙方都注意到同類作品之間的參照。而〈「洛神賦圖卷」答問〉所設計的這種穿越時空的對話，當然關涉到不同時空的社會文化情景。

在問答之間，實際上問者更重要，是問者「驚擾」了、「激活」了答者，使沉眠、無語的古人對今天說話。整個作品可以看作是對《洛神賦圖卷》的一個「細讀」過程，在這個過程中，細讀的人和創作的人不斷展開畫卷的同時，也不斷展開交互作用的思維過程。

問：萬象皆從空虛中來。畫卷從此進入靈幻境界，曹植見到了洛神。

答：翩若驚鴻，婉若游龍。

問：你就畫鴻雁與龍，會不會太……

答：落實？取其比興。

問：兩隻鴻雁，翩躚飛翔，打開天空景色。您如何畫天？

答：畫魚不畫水，畫鳥不畫天。

問：那獨角飛龍，遍體鱗甲。您畫的是什麼龍？

答：你說呢？有鱗者為蛟龍，有翼者為應龍，有角者為螭龍，獨腳者為夔龍，好水者為蜻龍，善吼者為鳴龍，好鬥者為蜥龍，未升天者為蟠龍……

問：我說是鱷龍，因為它像鱷魚。

問者有幾句講到線條，喚起一種對文化的驚奇感。「線條此物，思之甚奇，只在畫中可見。天地萬物，何曾有一線。」「文字、繪畫，都是奇物。明明一空白，虛處設一線，即成物象。線線相接，即成文字。」「那文字與畫又不同。線為文字之骨，卻為畫之膚。」這種驚奇感，已經越來越稀少，「久經文化」的人很難產生、懷有和保持。

觀畫，和面對任何一個已然存在的歷史文本一樣，需要相關的文化和一定的專門知識，需要耐心細緻的態度，需要一種天真的驚奇感。〈答問〉的過程即是展露這些需要的過程。除此之外，還需要什麼？還需要主體的自我生成、建構能力和穿透環繞自我的外物的能力。問者看完圖卷，不禁表露了一種獨特的感受和見解——

> 我最喜歡的，卻是別人認為畫得差極了的山水和樹木。我也看過不少山水畫，都有山勢、水勢，但您這畫有地勢土勢。我覺得，畫中的土地彷彿活潑的生靈，悄悄潛伏在水面，不時透氣呼吸。賁卦說：「山下有火。」您畫的山，溫潤明秀，彷彿水中生靈的鰭，從水中冒出。那靈芝似的樹，密集的煙火似的紅花，正是生靈噴出的氣……

〈答問〉如此結束——

問：曹植手持麈尾，回首悵望。彷彿前塵往事，只堪憑弔。這次，他沒有戴三梁冠，改束幘巾。您亦以曹植眼神寫情。

答：《易・咸卦》曰：「咸，感也。」天地感而萬物生。

問：洛神在哪裡？

答：漢有遊女，不可求思。

問：桃花源在哪裡？

答：所謂伊人，宛在水中央。

讀完這部作品，似乎就是經歷了解讀一個文本的完整過程。那麼由這一過程構成的〈「洛神賦圖卷」答問〉是一種什麼性質的寫作？我們好像有理由把它看成是解讀文本的一個範例，或者是一個特殊的例子；但由被解讀文本的創作者共同參與的解讀過程畢竟是一種虛構和想像，這一點不可忽略，而且，問者是帶著自身的問題的，並不只是對圖卷本身的知識性關切，在作品行將結束的時候，這一點開始凸顯。

附記

後半生從事中國服飾文化研究的沈從文，堅定地認為《洛神賦圖》不是顧愷之的作品。他曾經說：「傳世有名的《洛神賦圖》，全中國教美術史的、寫美術史的，都人云亦云，以為是東晉顧愷之作品，從沒有人敢於懷疑。其實若果其中有個人肯學學服裝，有點歷史常識，一看曹植身邊侍從穿戴，全是北朝時人制度；兩個船夫，也是北朝時勞動人民穿著；二駙馬騎士，戴典型北朝漆紗籠冠。那個洛神雙鬟髻，則史志上經常提起出於東晉末年，盛行於齊梁。到唐代，則繪龍女、天女還使用。從這些物證一加核對，則《洛神賦圖》最早不出展子虔等手筆，比顧愷之晚許多年，哪宜舉例為顧的代表作？」見《花花朵朵　罈罈罐罐——沈從文文物與藝術研究文集》，第三十四至三十五頁，外文出版社，一九九六年版。

三民叢刊好書推介

228 請到我的世界來　段瑞冬

從七〇年代窮山惡水的貴州生活百態，到瑞典中西文化交流的感觸，最後在學成歸國的喜悅中，驚覺中國物質與思想上的巨大轉變，作者達觀的態度及詼諧的筆調，好像久違的摯友熱情地對我們招手：「請到我的世界來！」

231 與阿波羅對話　韓秀

自遠方來，我在陽光的國度與阿波羅對話。秋日午後的愛琴海波光粼粼，反射生命的絕代風采。這裡是雅典，眾神的故鄉，世人的虛妄不過瞬眼，胸臆間卻永遠有激情在湧動。殿堂雖已頹圮，永恆卻在我心中駐紮。

232 懷沙集　止庵

「樹欲靜而風不止，子欲養而親不待」。作者將對逝去父親的感念輯成本書，從生活不經意的言談中，挖掘出文學、生活的真諦。作者樸實的文筆，在現代注重藻飾的文壇中像嚼蘿蔔，別有一股自然的餘味。

233 百寶丹　曾焰

百寶丹，東方國度的神奇靈藥，它到底有多神妙？一部結合中國傳統藥理與鄉野傳奇的長篇小說，一個身世坎坷、際遇不凡的傳奇人物。且看身世坎坷的孤雛，如何歷經幼年的變故、青年的恩遇、成年的愛恨，終於成為濟世名醫。

234 矽谷人生　夏小舟

生命流轉，人只能隨波逐流。細心體會、聆聽、審視才能品嘗出人生的況味。從中國到美國，從華盛頓到矽谷，傳統與現代，寧靜與繁華，作者以雋永的文筆，交織出大城市裡小人物不平凡的際遇和生活中發人省思的啟示，引領讀者品味異國人生。

235 夏志清的人文世界　殷志鵬

在自己的婚禮上，會說出「下次結婚再到這地來」的，大概只有夏志清吧！他以其堅實的學術專業，將現代中國小說推向西方文學的殿堂，他蓄滿對生命的熱情，打了兩次精采的筆仗……快跟著我們一起走入他的人文世界吧！

238 文學的聲音　孫康宜

聲音和文字是人們傳情達意的主要媒介，然而聲音已與時俱逝；動人的詩篇卻擲地有聲，如空谷迴響，經一再的傳唱，激盪於千古之下。本書作者堅持追尋文學的夢想，用心聆聽、捕捉文學的聲音，穿越時空的隔閡與古人旦暮相遇。

241　過門相呼　黃光男

敏感於事物變換的旅者，洋溢著詩情的才華，細心捕捉歷史上的古拙韻味，透析了社會發展的步履，讓人宛如置身於包羅萬有的博物館裡。如果你厭倦了匆忙的塵囂，請翻開此書，讓典雅的文句淨載你到遠方，懷擁「過門更相呼，有酒斟酌之」的情境。

242　孤島張愛玲　蘇偉貞

張愛玲整個的生命就是從一座孤島到另一座孤島的漂流。她在香港這座孤島的創作，承續了大陸時期最鼎盛的創作力道，是轉型到美國時期的過渡階段。藉由作者的引導，帶您看看張愛玲這段時期小說的意涵及影響。

243　何其平凡　何凡

還記得那段玻璃墊上的日子嗎？在聯合報連續撰寫專欄逾三十年，何凡，以九十二歲的高齡，將這十年間陸續發表的文章集結成這本書。謙虛的他取其筆名的含意，將這本小書命名為「何其平凡」，獻給品味不凡的——您。

251　靜寂與哀愁　陳景容

畫家陳景容在本書中除了信手拈來的小品，更為您細數過去重要作品的點點滴滴，不論是濕壁畫、門諾醫院的嵌畫或是平日創作的版畫、油畫、彩瓷畫等，彷彿讓您親臨創作現場，一同見證藝術的誕生。

253 與書同在

韓　秀

臺灣一年有多少本書面世呢？三——○○○○以上，沒錯！四個零。面對書山書海，您是否有不知該如何選書的困擾？與書生活在一起的作家韓秀，提供給愛書朋友們一份私房閱讀書單，帶領讀者超越時空的藩籬，進入書的世界裡。

254 用心生活

簡　宛

生活之於你，是否已如喝一杯無味的水，只是吞嚥，激不起大腦任何感動；有人卻不如此。簡宛以一顆平實真摯的心，不斷地於生活中挖掘出新的滋味，記錄她對朋友的關懷，旅途上的見聞感想，對世事的領悟與真情的感動，與您分享。

256 食字癖者的札記

袁瓊瓊

當您闔上這本書前，眼角餘光還會掃到這一小塊文字，恭喜！您罹患了一種精神官能症——「食字癖」。發作初期會對文學莫名其妙地熱中，到了末期，則有不讀書會死的焦慮。此病無藥可醫，只能以無止盡的閱讀緩解症狀。這本書提供末期的您，啃食。

258 私閱讀

蘇偉貞

私之閱讀，閱讀之思。寫書、讀書、評書，與書生活在一起的「讀書人」——蘇偉貞，以獨特的觀點，在茫茫書海中取一瓢飲，提供您私房「讀」品，帶您窺伺文字與靈思的私密花園。

國家圖書館出版品預行編目資料

文學的現代記憶／張新穎著.－－初版一刷.－－臺北市；三民，2003
面；　公分－－(三民叢刊；236)

ISBN 957-14-3808-1　(平裝)

1. 中國文學－作品評論

820.7　　92008948

網路書店位址　http://www.sanmin.com.tw

著作人　張新穎
發行人　劉振強
著作財產權人　三民書局股份有限公司
臺北市復興北路386號
發行所　三民書局股份有限公司
地址／臺北市復興北路386號
電話／(02)25006600
郵撥／0009998-5
印刷所　三民書局股份有限公司
門市部　復北店／臺北市復興北路386號
重南店／臺北市重慶南路一段61號
初版一刷　2003年6月
編　號　S 81097-0
基本定價　參　元
行政院新聞局登記證局版臺業字第○二○○號

ISBN　957-14-3808-1　(平裝)

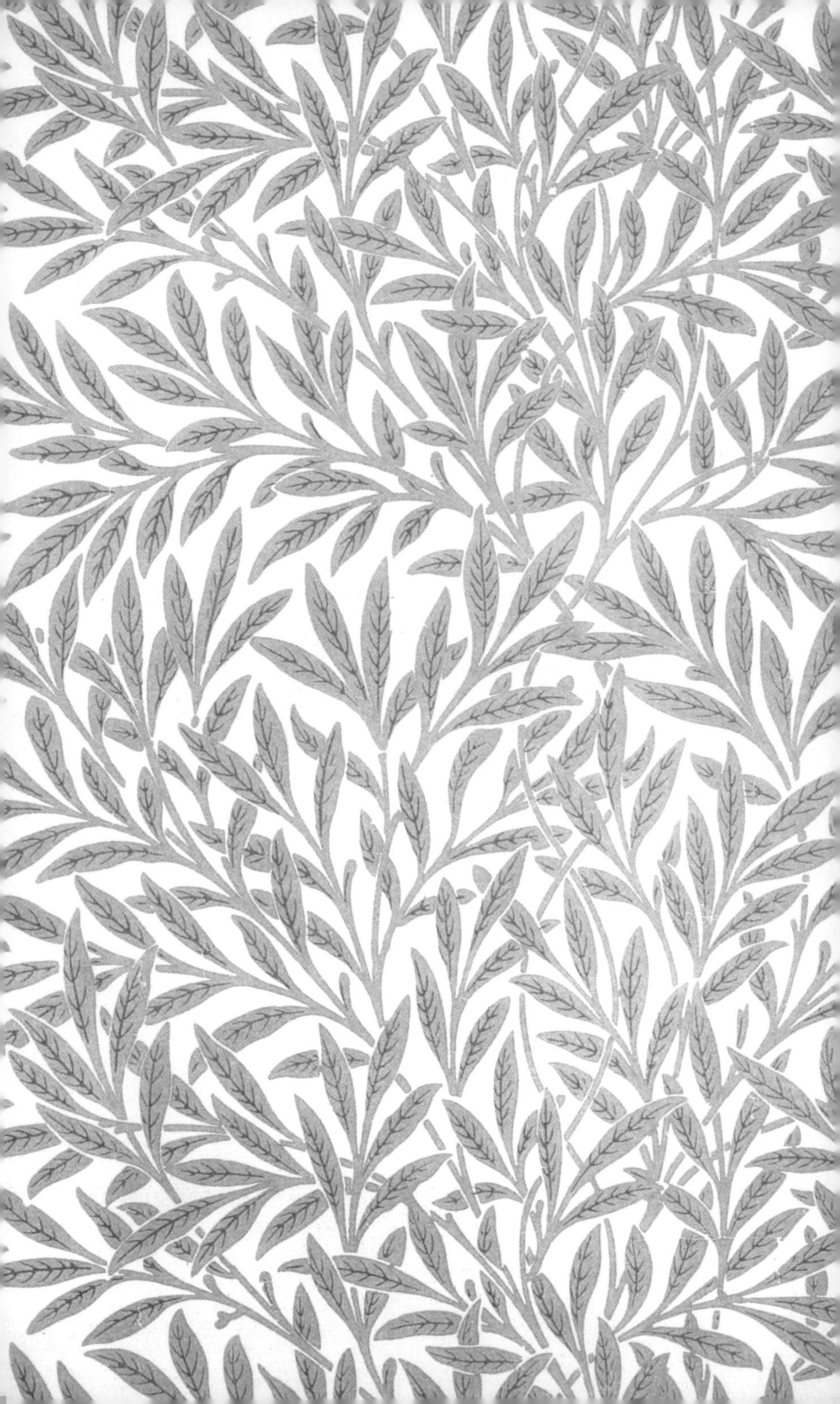